아무튼, 빵은
정신건강에 이롭습니다

아무튼, 빵은
정신건강에 이롭습니다

박수진 · 송민경 · 신미경 · 안지선 · 이지연 · 정미진 · 정상원 · 채서린 · 황선영

siso

저는 빵이 참 좋습니다. 연애할 때 아내가 저에게 잘 보이려고 열심히 공부해서 제과 제빵 자격증 시험에 합격했을 때 빵에 관심이 생겼습니다. 신혼 때 일이 없어 경제적으로 힘들었던 시기에 아내가 동네 빵집에서 아르바이트해서 벌어오는 돈으로 살았던 기억도 있네요. 요즘 아내는 사회생활을 경험하고 싶다며 일주일에 한 번씩 빵집에서 아르바이트를 하고 있습니다. 저에게 빵은 아내의 사랑입니다. 이 책을 읽고 저도 추억에 젖어 보네요.

아무튼 정신건강에 이로운 빵 이야기를 여러분께 추천합니다.

— 배우 정은표

중학생 시절 쉬는 시간이면 안지선 작가님과 함께 부리나케 달려가 매점에서 사 먹던 크림빵이 있습니다. 샌드 된 빵을 열어 가운데만 뭉쳐져 있는 그 적은 크림을 골고루 악착같이 펴 발라 먹었는데 그때의 기억 때문인지 아직도 크림이 터져 나오게 많은 빵들보다도 그 빵을 좋아합니다. 누구에게나 그런 추억의 빵은 있을 텐데 기분 좋은 기억이든 눈물 젖은 빵의 기억이든 소중한 추억이 솔솔 생각나는 책입니다. 누군가의 빵 이야기를 일기 훔쳐보듯 읽고 있으니 '나도 이렇게 먹어보고 싶네' 하는 생각이 들기도 합니다. 커피 한잔 놓고 읽고 있다가 빵 가게로 달려갈지도 모르겠습니다.

– 배우 정은표의 아내 김하얀

12월은 슈톨렌의 달이다. 크리스마스를 앞두고 온갖 케이크를 검색하는 와중에도 절대 잊지 않는 게 슈톨렌이다. 아무리 바빠도 설레는 마음으로 여러 빵집의 슈톨렌을 찾아보며 가게를 정한다. 정해진 날에 설레는 마음으로 빵을 찾아오면 드디어 한 해가 끝나가는 기분이 잔뜩 든다. 럼과 견과류, 건과일이 듬뿍 들어가고 달콤한 설탕 가루가 눈처럼 내린 이 단단한 빵은 올해도 어김없이 한 해의 마무리를 담당하고 있다. 그리고 며칠 전에 찾아온 슈톨렌 한 조각과 함께 빵순이 작가님들의 책을 읽게 됐다.

빵 속에 담긴 각양각색의 이야기들을 홀린 듯이 읽으면서 평상시에 빵을 너무 먹는 게 아닐까 하는 죄책감을 덜게 됐다. 나 역시 만만찮은 빵순이로 살아왔다고 생각했는데 나 정도의 진심은 진정한 마음이라고 할 수 없었겠다. 다양한 삶의 흔적들이 고소한 빵 내음을 머금고 있었다. 때로는 고소하고, 때로는 향기롭고, 때로는 달콤한 냄새를 잔뜩 풍기는 글들을 읽고 있으니 작가님들의 빵에 대한 지독한 사랑에 나도 모르게 침이 고이고 먹지도 않은 빵들을 입안에서 느끼고 있었다. 중학교 때 배운 '공감각적 표현'은 이럴 때 쓰는 말이 아닐까. 마지막 장까지 읽은 후에는 참고 참던 슈톨렌 한 조각을 기어이 더 잘라 왔다.

빵순이인 것을 용케 알아본 신미경 작가님 덕분에 추천사 한 조각을 이렇게 올리게 되었다. 촬영 현장에서 허겁지겁 소보로빵이나 단팥빵으로 아침을 챙기거나 뜨거운 호빵으로 예상치 못한 야식을 챙기는 날들을 떠올리며 이 사랑스러운 글들이 많은 분들의 뱃속을 포근하게 채워주기를 바라본다.

— 드라마 〈정년이〉, 〈옷소매 붉은 끝동〉 연출 정지인

새롭고 맛있는 빵을 찾아 동네를 돌아다니는 나 같은 사람에게 참 반가운 책이다. 마음에 드는 빵집 하나를 알고 있다는 사실만으로도 하루가 조금은 견딜 만해진다는 사실을 잘 알고 있

기 때문이다. 빵을 찾아 나서는 짧은 외출이 자신에게 허락하는 작은 휴식이라는 점까지도 작가들은 과장 없이 담담하게 보여준다. 책 속 빵은 허기를 달래는 음식이라기보다 하루를 다시 살아가게 하는 이유가 되어 주는 듯하다. 거창한 목표도 삶을 송두리째 바꾸겠다는 선언도 없이 오늘을 무사히 버티게 해주는 작고 확실한 기쁨.

이 책이 마음에 남는 이유는 빵을 특별한 상징으로 과장하지 않기 때문이다. 대신 빵을 고르는 순간의 망설임, 종이봉투를 여는 손끝의 감각, 한입 베어 물며 잠시 숨을 고르는 시간 같은 것을 차분히 기록한다. 여러 작가의 다채로운 문장들을 따라가다 보면 자연스럽게 깨닫게 된다. 삶을 견디게 하는 힘은 대단한 성취가 아니라 이런 사소한 기쁨들을 놓치지 않는 감각에서 비롯된다는 사실을.

무엇보다 인상적인 것은 작가들의 명랑함이다. 이 명랑함은 가볍거나 들뜬 것이 아니다. 충분히 지치고 충분히 버텨본 사람들이 끝내 포기하지 않고 건져 올린 태도에 가깝다. 힘들지 않았다는 말 대신, 힘든 날에도 자신을 돌보는 방식을 알고 있다는 고백처럼 와닿았다.

부모로서, 그리고 글을 쓰는 사람으로서 나는 이 책이 건네는 시선을 오래 곱씹게 되었다. 아이에게도 어른에게도 삶은 반복의 연속이고 그 반복을 견디게 하는 힘은 이렇게 자신을 돌보는 작은 선택들에서 비롯된다는 것을 이 책은 빵이라는 친숙한 매개를 통해 보여준다. 잘 살아야 한다는 압박 대신 오늘을 살아냈다는 사실 자체를 존중하는 감각을 길러주는 산문들을 한 편씩 읽으며 편안하고 느긋해질 수 있었다.

모두가 빠듯하고 지친 시대, 이 책은 묻는다. 오늘 당신을 살게 한 것은 무엇이었는지. 그래서 나만의 즐거움을 갖고 싶지만 늘 나중으로 미뤄두고 살아온 사람에게 이 책을 권하고 싶다. 대단한 취미나 성취가 아니어도 괜찮다고, 삶을 버티게 하는 것은 결국 이런 소소한 기쁨이라고 말해주고 싶다. 무엇을 더 잘해야 한다고 채근하지 않고, 이미 충분히 살아내고 있다는 사실을 인정해주는 책 속 다정한 문장을 당신도 만끽하길 기대한다.

– '슬기로운초등생활' 대표 이은경

CONTENTS

Part 1

빵을 담다 떠올랐어

우유와 소보로

안지선(햇살빵)

소금빵, 크루아상, 마카롱, 베이글, 수플레, 도넛… 어딜 가나 맛있고 예쁜 디저트 카페와 베이커리가 넘쳐나는 요즘, 이 어찌 빵 덕후들의 태평성대가 아니란 말인가! 세련되고, 고급지고, 맛있는 빵이 가득하지만 그럼에도 불구하고 나에게 '빵계의 수지(첫사랑)'는 언제나 소보로빵이다.

국민학생 시절, 커다란 책가방에 받아쓰기와 《슬기로운 생활》을 꽉꽉 눌러 담고 학교에서 돌아오면 엄마가 간식으로 소보로빵과 우유 한 잔을 내주셨다. 보름달 같이 탐스런 소보로빵을 받아 들고 제일 먼저 하는 일은 소보로가 얼마나 골고루, 많이 붙어있나 신중히 확인하는 것이었다. 큼직한 소보로가 아낌없이 붙어 있는 날에는 100점짜리 받아쓰기 시험지를 들고 엄마에게 뛰어가던 순간만큼 설렜다. 소보로의 분포도가 아쉬운 날은 아쉬운 대로, 더욱더 신중하게 중요한 의식을 치르듯 고소하고 달콤한 소보로를 엄지와 검지로 조금씩 떼어 먹었다. 소중한 소보로는 아무리 아껴 먹어도 봄날에 눈 녹듯 어찌나 빨리 내 입속으로 사라져 버리던지. 소보로를 다 떼어 먹고 빵만 남아 섭섭해질 때쯤이 비밀병기 흰 우유가 등장할 베스트 타이밍이다. 그 시절 소보로빵의 속은 부드럽고 달달한 크럼블과 완벽히 대비되는 퍽퍽하고 밍밍한 반전 식감으로 존재감을 드러냈다. 시원한 우유는 한참을 씹고 꿀꺽 삼켜도 목 막히게 뻑뻑한 빵을 부드럽고 촉촉하게 넘겨주는 든든한 푸시맨 역할을 담당했다. 소보로빵과 우유는 세트로 먹어야 비로소 그 매력이 온전히 발휘되는 완벽한 2인 3각 커플이었다고나 할까?

소보로빵의 '소보로(そぼろ)'는 일본어에서 유래된 단어로, 원래 '잘게 부순 것' 또는 '부스러기'를 뜻한다고 한다. 빵 위에 뿌려지는 크럼블(부스러기) 모양의 반죽에서 이름이 비롯되었다는 설도 있다. 우리나라에는 일본 제과 기술이 전해지던 시기에 소보로빵이 도입되었고, 이후 우리 입맛에 맞게 조금씩 변화하며 세대 불문 사랑받는 간식이 되었다.

예전에는 소보로빵이 저렴하면서도 크기가 커서 아이들 간식으로 최고였다. 학교 앞 빵집이나 매점에서 팔던 소보로빵은 우유와 세트로 인기를 끌었다. '소보로를 즐기는 방법'도 다양해서 소보로빵의 부스러기를 덜어 내서 친구들과 나눠 먹거나 크럼블만 따로 모아서 먹기도 하고, 떼어낸 크럼블을 꾹꾹 눌러 쿠키처럼 빚어 먹는 등 각자의 취향껏 달콤함과 고소함을 누렸다. 손에 묻은 소보로가 아까워 혀로 핥아 먹기도 하고, 한입만 베어 물어도 잔뜩 떨어지는 크럼블 가루를 양손으로 소중히 쓸어 담아 먹어 본 기억은 나만의 것은 아닐 것이다.

1980년대 후반, 국민학생이던 내가 즐겨 먹던 소보로빵의 완성도는 당시 우리나라의 제과 문화와 밀접한 관련이 있다. 이 시기의 소보로빵은 겉면의 바삭하고 고소한 크럼블과 대비되는 퍽퍽하고 밍밍한 속이 특징이었다. 이는 당시 제빵 기술과 재료의 한계로 인해 빵의 부드러움과 풍미가 상대적으로 부족했기 때문인데, 밀가루 품질이나 제빵 기술이 지금처럼 발달하지 않아 빵의 식감이 다소 퍽퍽하고 건조했다. 이러한 이유로 우유와 함께 소보로빵을 즐기는 것이 일반적이었고, 우유가 빵의 건조함을 보완해주는 역할을 했다.

퍽퍽한 소보로빵에 익숙하던 나에게 적잖은 충격을 안겨준 녀석이 있었으니, 그것은 바로 일본으로 이사 가 처음 맛본 '메론빵'이었다. 열 살의 나에게는 멜론도 메론빵도 그때가 처음이었다. 분명 생긴 것은 소보로빵인데 색깔은 연두색이요, 거북이 등껍질 같이 도톰한 소보로 뚜껑은 어쩜 이리 촉촉하고 향기로운지. 게다가 촉촉한 것은 소보로뿐만이 아니었다. 빵에 무슨 마법을 걸었는지 소보로에 기대지 않고도 충분히 맛있고 부드러운 속에 '메론빵'을 먹는 내내 감탄했던 기억이 생생하다. 하지만 메론빵 특유의 인공적인 메론 향보다는 거칠하고 뻑뻑해서 우유를 부르는 소보로빵이 그때도 지금도 나는 더 맛있다.

요즘은 우리나라 어느 빵집에 가든 그 어떤 곳 부럽지 않은, 맛있고 다양한 빵들을 만나볼 수 있다. 추억 속 소보로빵 또한 전통적인 소보로빵에서 벗어나 다양한 버전이 판매되고 있다. 커스터드 크림이나 팥소를 넣은 소보로빵은 물론이고, 초코 크럼블 소보로빵 같은 변종도 어렵지 않게 찾아볼 수 있다. 소보로빵 안에 땅콩 크림이나 피스타치오 크림을 듬뿍 채워 넣거나 고소하고 부드러운 생크림을 넣은 빵빵한 소보로빵도 인기다. 하지만 여전히 내 눈에는 소보로빵의 순정, 기본 버전이 제일 예뻐 보인다. 호화롭고 고급스러운 자태를 뽐내는 요즘 빵들 사이에서도 소박한 소보로빵이 그 빛을 잃지 않는 건, 소보로 위로 켜켜이 쌓인 세월과 추억의 따뜻함 덕분인지도 모른다. 소보로가 업그레이드되는 동안 나도 나이를 먹어 소보로에 우유 대신 커피를 곁들여 먹을 수 있는 어른이 되었지만, 여전히 소보로빵을 먹을 때면 커피가 아닌 우유에 먼저 손이 간다. 내 입은 아직도 그때 그 맛을 그리워하고, 전설의 커플은 영원하니까.

소보로빵과 우유처럼, 빵에 꼭 맞아떨어지는 음료는 안 그래도 맛있는 빵의 매력을 한층 높여준다. 당신의 소울빵은 무엇인가? 이왕 먹는 빵, 최고로 맛있게 즐겨야 하니까 당신의 최애 빵에 딱 맞는 천생연분 짝꿍 음료를 소개한다.

①소보로빵 + 바닐라 밀크

크럼블의 달콤함과 고소함이 부드러운 바닐라 밀크와 완벽하게 어우러진다. 우유는 기본이지만 바닐라 향을 추가하면 소보로빵의 풍미가 한층 더 풍성하게 살아난다.

②크루아상 + 카페라테

버터리하고 겹겹이 쌓인 크루아상의 풍미는 진한 에스프레소가 들어간 부드러운 라테와 환상의 조합! 프랑스의 아침 풍경을 떠올리게 만드는 고전적인 매치를 추천한다.

③베이글 + 아메리카노

심플한 맛과 식감이 매력인 베이글. 아메리카노의 쌉싸름하고 깔끔한 맛이 담백한 베이글의 고소함을 살려주기에 딱이다. 크림치즈가 발린 갓 구운 베이글이라면 말모 말모!

④소시지빵 + 시원한 맥주

짭짤한 소시지와 부드러운 빵의 조합은 맥주와 찰떡궁합! 특히 라거처럼 깔끔한 맛의 맥주가 기름진 소시지의 맛을 싹 잡아준다. 식사 대용으로 즐기고 싶을 땐 묵직한 에일 한 잔에 프렌치프라이까지 함께 곁들여 보자.

⑤티라미수 + 디저트 와인(모스카토)

부드럽고 달콤한 티라미수는 과일 향이 풍부한 모스카토와 아주 잘 어울린다. 커피와 마스카포네 치즈의 풍미가 와인의 달콤함과 만나면 완벽한 디저트 페어링이 완성된다. 〈흑백요리사〉에서 소개되어 인기를 끈 밤 티라미수는 와인에도 좋지만 밤 막걸리와도 함께 즐겨보길 권한다.

⑥스콘 + 얼그레이 밀크티

스콘은 겉은 바삭하고 속은 부드러워 차와 잘 어울리는데, 얼그레이 밀크티의 은은한 베르가모트 향이 스콘의 고소한 맛을 한층 살려준다. 잼이나 클로티드 크림과 함께라면 브리저튼의 귀족 아가씨 부럽지 않은 영국식 티타임 완성!

⑦더티 초코 + 말차 라테

　더티 초코의 진한 초콜릿 풍미와 말차 라테의 쌉싸름한 녹차 맛이 대조적이면서도 묵직한 조화를 이룬다. 달콤하면서도 깊은 맛을 즐길 수 있는 조합은 마치 완벽한 한 쌍의 커플이 추는 왈츠처럼 경쾌하고도 인상적이다. 달콤 쌉싸름한 맛에 홀려 정신없이 먹다 보면 입가에 초코 가루와 녹색 거품이 듬뿍 묻어 있기 일쑤이지만 그 '더티함'마저도 사랑하게 만드는 마성의 조합이다.

한입의 기쁨,
한 시절의 슬픔

채서린(시골빵)

빵과 함께한 추억에 대해 글을 쓰려 했는데, 일주일째 아무 생각이 떠오르지 않았다. 빵은 언제 먹어도 맛있고, 먹는 순간만큼은 늘 순수하게 기뻤으니까. 물론, 먹고 난 뒤엔 '대체 몇 칼로리를 먹은 거야…' 하는 자책이 따라왔지만.

마치 옛사랑, 그 나쁜 남자 같다. 배신을 알면서도 끝내 끊어내지 못하고, 미련하게 그 앞에 서 있는 내가 떠올랐다. 그래서였을까. 빵과 함께한 특별한 기억을 떠올리기가 오히려 어려웠다. 내가 빵을 조금만 덜 좋아했더라도, '생각 없이 먹었는데 너무 맛있어서 잊히지 않는 한 장면'을 분명 끄집어낼 수 있었을 텐데.

하지만 빵, 너는 늘 한결같았다. 네가 내게 주는 기쁨은 벅찼고 또 많이 먹고 나서 나는 후회했다.

오래전의 일이다. 브라질의 어느 도시에서 처음 빠옹 지 께쥬(bão de queijo)를 먹었을 때가 생각난다. 옛사랑의 애증을 빵에 빗대다 보니 자연스레 빠옹 지 께쥬라는 빵이 떠오른다. 포르투갈어로 빠옹은 '빵'을 뜻하고, 께쥬는 '치즈'를 뜻한다(참고로 우리말 '빵'도 포르투갈어 pão에서 유래했다고 한다). 내 기억 속에 조용히 묻혀 있던 이 작은 빵이, 최근 '브라질 치즈빵'이라는 이름으로 새삼 화제가 되기도 했다.

그날, 빠옹 지 께쥬를 처음 입에 넣었을 때 파삭거리는 소리와 함께 치즈의 꼬릿하고 짭조름한 향이 코끝을 스쳤다. 한입 베어 물면 쫀득하게 씹히는 질감이 깨찰빵과 흡사했다. 모차렐라 핫도그처럼 치즈가 길게 늘어나는 빵은 아니었고, 딱 한입에 쏙 들어가기 좋은, 뽀얀 조약돌 같은 크기의 빵이었다. 앙증맞고 소박한 그 빠옹 지 께쥬가 마음 저릿했던 그 시절을 오랜만에 불러올린다.

목적지 없는 여행 같았던 사랑의 고단함 때문이었을까, 한낮의 지열이 그대로 저녁 하늘에 스며들던, 그곳의 벅찬 노을 때문이었을까. 설익은 내 빵처럼 서툰 마음이, 너라는 강 언저리 그늘가에 잠시 쉬고 싶었던 저녁이었다.

얕은 개울물만큼도 마음을 내어줄 생각이 없던 너를 아마존의 지류 어딘가로 믿고 싶었던 우둔한 나의 한 시절, 연민이 사랑의 다른 이름이라 착각했던 어수룩한 그때의 내가 있었다. 너의 등 뒤에서 활활 타오르던 노을빛이 잿빛 초저녁 하늘에 자리를 내어주던 시간. 그날따라 유난히 평온해 보이던 네 모습과 우리 앞에 놓여 있던 갓 구운 빠옹 지 께쥬가 떠오른다.

너와 헤어지고 난 뒤, 문득 차오르는 눈물처럼 주책없이 그 빵이 떠오르곤 했다. 빠옹 지 께쥬가 생각나는 날이면, 차가운 사탕수수즙과 라임 주스처럼 마음 깊숙한 곳에서 길어 올려지는 서늘하고 날카로운 기억의 파편들에 마음이 베이곤 했다. 애써 떠올리려 하지 않은 채 또 다른 한 시절을 휘청이며 살아낸 나는, 어느 순간 인터넷에 떠도는 '브라질 치즈빵'을 보고 반가운 마음이 먼저 일었다.

얼마만큼의 시간이 흐른 뒤였을까. 가닿을 수 없는 곳에 대한 그리움, 아득히 멀어져 가는 시간에 대한 안타까움, 그리고 내 시간과 공간이 너로 가득 차 있던 그 시절에 대한 회한. 그 모든 것이 세월이라는 지층 아래 켜켜이 쌓여, 이제는 '추억'이라는 그럴싸한 화석이 되어 남았다. 옛사랑을 다시 만나도 이토록 반가울까. 그때도 지금도, 우리 앞에 놓였던 빵은 아무 잘못이 없다. 한결같다. 변하는 건 사람의 마음이지, 그 마음과 함께 나눴던 빵은 아니니까.

오랜만에 연락이 닿은 그리운 친구를 만난 듯 들뜬 마음으로 빠옹 지 께쥬를 만들어 보았다. 맛은 비슷했지만, 내 혀끝이 기억하던 바로 그 맛은 아니었다. 애초에 그 맛을 완전히 재현할 수 있으리라 기대한 것도 아니었다. 그저 그때처럼 훈훈한 저녁 바람이 불어오던 어느 여름날, 이제 나는 눈물 없이도 빠옹 지 께쥬를 마주할 수 있다는 사실이 그저 기쁠 뿐이었다. 소리 내어 울지도 못했던 슬픔, 가슴 깊은 곳에 묻어 두었던 아픔을 고스란히 안고 어른이 되어 버린 『나의 라임 오렌지 나무』 속 제제처럼 나 역시 잔인하지만 사랑으로 충만했던 그 시절의 순도와 밀도를 그대로 품고 살아갈 줄 알게 된 걸까.

그해는 일 년에 두 번의 여름을 보냈다. 남반구의 달이 우리가 보는 달과는 다른 면을 비춘다는 것도 그때 처음 알았다. 둥근 달은 언제나 둥근 빵처럼 그대로인데, 내가 어디에 서 있느냐에 따라 다르게 보일 뿐.

오늘 밤 우리는 각자의 하늘에서 달의 어떤 면을 바라보고 있을까.

치즈로 만들어진 달의 분화구 한 조각을 떼어 구워낸 오늘의 빠옹 지 께쥬. 지구 반대편 하늘 아래서 시간이란 마법의 조리법이 조용히 더해진 빠옹 지 께쥬.

잊고 지내던 너를 더 이상 아프지 않게 들춰낼 수 있어서, 그리고 씩씩하게 빠옹 지 께쥬를 베어 먹을 수 있는 오늘이 더없이 기쁘다.

빵이 데려온 기억들

박수진(쑥쑥빵)

　다이어트를 할 때 식당보다 더 힘든 곳이 있다면 바로 카페다. 진열대에 놓인 맛있는 디저트들이 강렬하게 나를 유혹하기 때문이다. 요즘은 달콤함에서 짭짤함까지 맛의 스펙트럼도 한층 넓어졌다. 화려한 맛을 자랑하는 것들이 넘쳐나지만, 나에게는 무엇과도 바꿀 수 없는 추억 속의 빵이 있다.

　기억 속 첫 번째 빵은 땅콩 샌드다. 슈퍼에서 파는 봉지 땅콩 버터 샌드는 그 시절 제법 든든한 간식이었다. 요즘처럼 부드럽고 버터 향 가득한 빵이 흔하지 않던 때라, 그 빵은 지금 생각하면 조금 투박했다. 쫄깃하지도, 특별히 부드럽지도 않은 식빵 두 장 사이에 고소한 땅콩 크림이 웅크리듯 뭉쳐 들어 있었다.

빵의 한쪽 뚜껑을 열어 크림의 상태부터 살핀다. 식빵 두 장을 맞대어 문질문질, 삭삭 땅콩 크림을 골고루 펴준다. 다음 준비물은 뽀얀 우유다. 주둥이가 넓은 컵에 우유를 가득 채운 뒤, 입수 준비를 마친 땅콩 크림빵을 반으로 가른다. 한쪽 조각을 우유 속에 푹 담그고, 2초 기다린다. 뚝뚝 떨어지는 우유를 조심하며 입안 한가득 베어 문다. 껄끄럽기만 하던 식빵 표면은 우유의 위로에 금세 풀어져 입안에서 부드럽게 맴돈다. 강단 있게 우유를 밀어내던 땅콩 크림도 어느새 모두와 한데 섞이며 사르르 녹아내린다.

한 봉지를 뜯으면 땅콩 샌드가 두 개 들어 있었기에 매번 엄마와 하나씩 달콤함을 나누었다. 그래서인지 지금도 이 빵을 떠올리면 어린 시절의 나와 엄마가 함께 생각난다. 그 시절 우리 모녀가 즐겨 먹었던 우유에 적신 빵 한 조각이 지금의 나에겐 소울 푸드나 다름없다.

그 기억의 뒤를 잇는 두 번째 빵은, 훨씬 성장한 나를 만나게 한 여행지의 빵이다. 20대 초반, 홀로 떠난 유럽 배낭여행에서 나는 평생을 함께할 '빵'과 '빵 친구'를 만나게 되었다.

낯선 곳에서 혼자 맞이하는 여행의 첫날 아침, 10월 중순의 런던은 긴장된 내 마음만큼 서늘했다. 아직 시차에 적응하지 못한 채 미어캣처럼 온 신경이 곤두서 있던 상태로, 유스호스텔 조식을 먹기 위해 식당으로 내려갔다. 그리고 그곳에서 펼쳐진 풍경을 보는 순간, 나는 더욱 주눅이 들어 버렸다.

〈해리포터〉 영화에 나올 법한 기다란 나무 식탁에 수많은 외국인이 앉아 있었다. 식당에 들어선 나를 일제히 쳐다본다. 파란 눈, 갈색 눈들이 이방인(동양인)의 등장을 흥미로운 구경거리처럼 바라보는 느낌이었다. 마음 같아서는 다시 숙소로 올라가고 싶을 만큼 불편했지만 배낭여행자에게 굶는 선택지는 없었다. 뭐라도 먹어야 했다. 따뜻한 커피와 코코아, 식빵, 딸기잼, 버터, 시리얼 등으로 차려진 테이블을 보니 제법 허기도 올라왔다. 몇 가지를 들고 아무 곳에나 앉았다. 나를 제외한 다른 이들은 모두 친구라도 되는 것처럼 영어로, 불어로, 또 내가 알지 못하는 언어로 대화를 나누고 있었다.

식빵에 버터를 얇게 펴 바르자 고소한 향이 먼저 퍼지고, 곧 크리미한 감촉이 혀를 감쌌다. 그전의 나는 케이크나 소보로, 크림빵 같은 달콤한 빵을 좋아했는데, 그 순간 취향이 바뀌었다. 버터만 발라서 한입, 딸기잼을 추가해서 또 한입… 긴장감과 어색함을 날려 버릴 만큼 맛있었다. 여행 내내 나의 아침을 책임져 준 빵과 버터의 조합 덕분으로 지금도 뷔페에 온갖 산해진미가 있어도 꼭 구운 식빵에 버터를 더해 먹는다.

빵은 나의 한 시절을 품은 추억의 상자 같다. 지금 그 상자를 열면, 겨울밤을 떠올리게 하는 붕어빵이 자리한다. 붕어빵을 파는 곳이 가까운 주거 지역을 '붕세권'이라고 하는데, 우리 집은 붕세권이다. 저녁을 마치고 나면 온 가족이 함께 동네를 한 바퀴 돌곤 한다. 차가운 공기 사이로 어디선가 고소한 냄새가 스며든다.

"붕어빵 먹을래?"

남편의 물음 끝에 우리 가족은 이내 갓 구워져 나온 온기 가득한 붕어빵을 하나씩 손에 들고 먹으며 집으로 향한다.

가끔 남편이 저녁에 혼자 운동 삼아 걸으러 나간 날은 어김없이 '붕어빵 먹을래?'라는 연락이 가족 단톡방에 도착한다. 나는 남편의 그 메시지가 가족을 향한 사랑의 고백으로 읽히곤 한다.

그렇게 내 삶의 곳곳에는 늘 빵이 함께 있었다. 거창한 맛은 아니지만, 떠올리기만 해도 그때의 나를 다시 지금으로 데려다 놓는다. 어린 시절의 내가 엄마와 함께 나눠 먹던 땅콩 샌드가 따뜻한 기억으로 남아 있듯, 내 아이들에게도 남편의 붕어빵이 그런 추억으로 남기를 바란다.

초코파이 케이크

이지연(단단빵)

향긋하고 다사로우며 포근하고 쫄깃하다. 때로는 화사한 정원의 꽃들을 닮은 색채로 사르르 녹아내리며 혀를 감싸는 크리미한 질감이 살맛을 선사한다. 그 풍성하고 다채로우며 질서 정연하게 우리를 기다리는 세상, 바로 빵이다.

안타깝게도 나에게는 빵을 즐길 날이 얼마 남지 않았다. 체지방을 태우며 빵에 예민한 관리형이라 "안 먹어!"를 선언하는 상황이라면 좋으련만 안타깝게도 그 케이스는 아니다. 세상에 태어나 가동한 지 연식이 제법 되어 가는 몸과 '밀가루는 베스트 소화 가능템에서 제외하자'고 사정하는 소화기의 신호 때문이다. 그래도 빵을 참 좋아하고 한때 온갖 빵을 구워 내던 사람으

031

로 살았던 시간이 있기에 빵과의 마지막 시간을 빵스럽게 남겨두고 싶다.

전 지구적으로 탄소중립을 외치는 시대에 밀가루와 버터의 자궁에서 탄생하는 빵은 탄소로운 존재이지만, 혈당을 급격히 올리며 남은 칼로리를 지방으로 전환시키는 지킬 박사와 하이드 같은 면도 있다. 무라카미 하루키가 맥주를 마시기 위해 달린다는 마음을 본받아 빵을 먹기 위해 운동을 하고 각종 빵 가운데 심사숙고한 후 누려보려 한다. 게다가 새로운 빵친구가 생길 예정이니까.

고대 바빌로니아 왕국에서부터 시작된 빵의 역사는 마지막 호모 사피엔스가 끌어안은 품에서야 끝날 것이다. 그만큼 우리는 빵을 아끼고 사랑하고 즐긴다. 비옥한 초승달 지역인 요르단에서 발견된 빵 부스러기는 야생 곡물을 빻아서 구워 먹던 사람들의 하루를 짐작하게 한다. 사람들은 농사를 짓기 전부터 거두어 빻고 갈고 반죽하여 구웠다. 이후 사람들의 지혜가 쌓이면서 '발효'가 더해지고 플랫 브레드에서 진화한 빵빵한 각종 빵들이 일상에 자리 잡게 된다.

예수님은 빵을 통해 '오병이어의 기적'을 보이셨다. 다섯 개의 떡과 두 마리의 생선으로 기적을 행하여 나눔과 사랑의 마음으로 많은 이들을 먹이셨다는 내용이다. 아마 그 떡은 빵이었을 것이다.

빵의 재료인 밀의 원산지로 꼽히는 트랜스 코카서스 지방의 납작한 '라바시'도 온 마을 사람들이 모여서 만드는 아름다운 공동체성이 담긴 음식이었기에 유네스코 세계무형문화유산으로 지정되었다. 뿌리고 거두어 빻고 갈아 반죽하여 굽고 나누는 그 모든 과정에는 사람이 담겨 있다. 시간과 정성, 삶을 함께 구운 빵은 그렇기에 공유이자 소통의 매개체였다.

내가 기억하는 최초의 빵은 다섯 살 무렵의 초코파이다. 당시 아버지의 사업 실패로 어려움을 겪던 우리 집은 나를 외가에 맡겨 두셨다고 한다. 엄마는 집안의 장녀로 상당히 젊은 나이에 나를 낳으셨기에 나는 열 살에서 열서너 살 많은 외삼촌, 이모들 사이에서 사랑을 듬뿍 받았다. 언니이자 누이를 절반쯤 닮은 어린 생명체를 돌보고 아껴준 청소년들의 열정적 돌봄에 심심할 틈이 없었다. 여름에는 소쿠리를 작은 막대에 기대어 실에 묶고 쌀을 뿌려 참새를 잡고, 겨울에는 눈 벽돌로 이글루를 지어 그 안에서 밥을 먹었다. 외가의 3층 양옥집 옥상은 내게 무릉도원이기도, 겨울왕국이기도 했다.

감사하게도 나는 내 부모의 경제적 어려움, 어른들의 신산한 경제 상황 한파에서 안전했다. 이따금 엄마가 보고 싶어 슬펐던 적은 없는지 소설 속 주인공이 되어보려 해도 젖먹이 때부터 키위주신 외할머니 품이 워낙 깊고 다사로워 딱히 주인공 되기에 성공한 적이 없다. 그랬던 나는 다섯 살 생일에 이모, 삼촌들이 층층이 높게 쌓아 올린 초코파이에 떠먹는 딸기 요구르트로 멋을 낸 케이크 앞에서 촛불을 불었다. 어두운 방 안에서 바알갛게 빛나는 작고 여린 초 다섯 개의 흔들리는 불빛 속에 외가 식구들의 둥그스름하고 따스한 표정과 나를 향한 눈빛은 사십 년이 지난 지금도 언제나 살아나 일렁인다. 그때 초코파이를 쌓아 올려 준 가족들의 사랑은 나를 이루었고 나는 그들의 언어와 온기 속에 내 세상을 만들 수 있는 어른이 되었다.

이 글을 읽는 당신의 삶에서 요즘 가장 맛있었던 건 무엇인가? 누구와 먹을 때 편안하고 즐거웠나? 너무나 먹고 싶은 것을 참아야만 했다면 무엇을 왜 참았는가? 먹는 것은 곧 우리 삶이기에 나는 당신이 맛있고 즐겁게 먹기를 진심으로 바란다.

삶의 무엇이든 공통점을 찾아 서로가 좋아하는 것을 공유하려는 마음을 나누는 일은 과거에도 현재에도 소중하다. 김장도 빵 굽는 일도 점점 줄어드는 현대 사회에서도 빵을 통해 사람을 만나고 행복한 순간이 늘어난다면 그걸로 족하다. 좋아하는 사람과 맛있는 것을 먹고 나누며 이야기하는 일, 그것이 '행복의 기원'이다.

엄마와 모카빵

송민경(미소빵)

"우와! 모카빵이다."

엄마 손에 들린 커다란 빵 하나로, 세 남매의 하루가 달라진다. 현관에 들어서는 엄마가 신발도 다 벗기 전에, 둘째는 뛰어나가 빵 봉지를 받아 든다. 첫째와 막내도 인사를 하는 둥 마는 둥, 빵 봉지를 따라간다. 난방도 안 들어오는 거실 바닥에 세 남매가 퍼질러 앉아서 봉지를 뜯는다. 그렇게 우리의 빵 잔치가 시작된다. 나는 그 삼 남매 중 모카빵을 가장 좋아했던 둘째다.

지금은 빵순이인 나지만, 어렸을 땐 빵을 자주 먹지 못했던 것 같다. 떠오르는 빵의 기억이 많지 않다. 학교에서 임원 엄마들이 가끔 돌리던 단체 크림빵이, 끄집어낸 나의 첫 기억일까. 집에서는 엄마가 차려주는 삼시 세끼만 먹었지, 간식이라고 해봐야 "엄마, 백 원만" 하고 사 먹는 새우깡이 전부였던 듯하다. 우리 집은 넉넉하지 않았다. 그런데 가끔, 정말 가끔, 엄마가 시내에 다녀오실 때면, 엄마 손에는 커다란 모카빵이 들려 있었다. 우리는 그날만을 기다렸다.

커피 냄새가 솔솔 나는 커피색의 아주 큰 빵, 모카빵에 대한 나의 첫인상이다. 그도 그럴 것이 그 시절 흔히 볼 수 있는 빵이란 단팥빵 아니면 크림빵이었는데, 그에 비하면 모카빵의 사이즈는 가히 압도적이었다. 물론 우리 삼 남매의 식욕 앞에선 결코 크지 않았지만. 한꺼번에 달려들면 순식간에 사라졌다. 자를 필요도 없이, 셋이 옹기종기 앉아 고사리손으로 푹푹 뜯어 먹었다. 겉은 바삭한 비스킷 토핑으로 싸여 있었고, 속은 부드러운 결로 가득 찬, 건포도가 드문드문 박힌 모카빵은 내 핵심 기억 속의 첫 번째 빵이다. 어쩌면 어른들만 마시는 커피에 대한 어릴 적 로망 때문이었을지도 모른다. 커피 맛의 그 빵이 나는 참 좋았다.

우리에게 가장 인기가 많았던 건 단연 바삭한 겉 부분이다. 누가 먼저랄 것 없이 고소하고 달달한 토핑에 손과 입이 먼저 향했다. 겉껍질이 사라지고 나면, 건포도를 피해서 부드러운 빵만 쏙쏙 골라 먹었다. 결국 마지막에 남는 건 늘 건포도뿐. 지금 생각하면 건포도가 없는 모카빵은 조금 허전할 것 같은데, 그땐 왜 그게 그렇게 싫었을까. 배가 어느 정도 부른 우리는 그제야 물러나고, 남은 빵 쪼가리는 아마도 엄마 차지였을 것이다. 그때는 몰랐지만, 엄마도 사실 모카빵을 좋아하셨는지도 모른다. 엄마의 뒷모습조차 기억나지 않는 걸 보면, 그때도 나는 참 무심한 딸이었다.

내가 어른으로 자라면서 빵의 세계도 놀랄 정도로 발전했다. 프랜차이즈 빵집들이 생기고, 듣도 보도 못한 화려한 이름의 빵들이 가득했다. 그럼에도 불구하고, 대학 때까지 내 원픽은 모카빵이었다. 넉넉한 사이즈, 부드러운 커피 향, 나의 소울빵이 분명했다.

대학교 4학년이 된 빵순이도 본격적인 취업 전선에 뛰어들었다. 항공사 면접에 떨어지고 또 떨어졌다. 불안한 마음에 플랜 B가 필요했다. 좋아하는 빵을 만들면 행복하지 않을까? 제과 제빵 자격증을 따기로 한다. 설레는 마음으로 학원을 등록하고, 필기 시험에도 합격했다. 하지만 실기 준비를 하던 중, 꿈꾸던 항공사로부터 최종 합격 소식을 들었다. 결국 기다리던 모카빵 만드는 법을 배우기도 전에 나는 두바이로 떠났다.

한국으로 휴가를 나올 때면, 엄마는 "우리 딸, 먹고 싶은 거 있어?" 하고 꼭 물으셨다. 엄마는 엄마의 반찬을 기대하셨을 것이다. 하지만 내 대답은 언제나 한국에서만 먹을 수 있는 모카빵이었다. 엄마는 평소에도 밥은 안 먹고 빵만 먹는 딸을 늘 걱정하셨다. 그럼에도 불구하고 먹고 싶은 건 또 먹여주고 싶으셨나 보다. 내가 도착하는 날 아침이면 회원권이 있는 엄마의 친구와 함께 '성분 좋은' 모카빵을 사기 위해 어김없이 유기농 마트에 들르셨다. 공항에 마중 나오신 엄마 손에는 그때 그 시절처럼 모카빵이 들려 있었다. 나는 차 뒷좌석에 앉아서 모카빵을 뜯어 먹으며 집으로 실려 가곤 했는데, 지금 생각하면 참 호사스러운 대접이다.

휴가가 끝나고 두바이로 돌아가는 날엔 나만의 루틴이 있었다. 인천공항에서 빵 쇼핑하기. 비행기 출발 시간이 워낙 늦어서, 운이 좋으면 하나 남은 모카빵을 살 수 있었고, 없으면 다른 빵으로 아쉬움을 달래야 했다. 혹여나 빵이 눌릴까 봐 캐리어에 넣지도 않았다. 번거로워도 따로 들었고, 비행기에서도 선반 위에 조심스럽게 올려놓아야 안심이 되었다. 눌린 빵은 절대 용납할 수 없으니까. 휴가가 끝나고 일상으로 돌아가는 길은 늘 마음이 무거웠다. 허전하고 공허한 마음을 나는 빵을 고르고 담으며 달랬다. 그렇게 두바이로 데려온 빵은 휴가 후 첫 비행까지 내 멘탈을 버티게 해주었다. 금세 사라질 빵이었지만, 그 시간의 나에게는 유일한 위로였다.

남편과 연애를 하던 시절, 그가 있는 시드니 비행을 자주 갔다. 시내에만 있다가, 어느 날 남편을 따라 한국인이 많은 동네로 갔다. 그야말로 별천지였다. 그냥 한국에 있는 작은 동네를 옮겨 놓은 것 같았다. 한국 마트는 물론이고 분식집, 냉면집, 만둣집, 거기에 한국 빵집까지. 거기서 나의 모카빵을 다시 만났다. 내 표정만 봐도 얼마나 좋아하는지 알아챈 남편은, 그 뒤로 늘 모카빵을 사서 나를 기다렸다. '엄마의 사랑을 이 사람이 대신 주는 건가' 싶어서 이 사람과 결혼을 했는지도 모르겠다. 애써 꺼낸 기억의 조각들이 하나둘 모이니, 나의 소울푸드가 더욱더 또렷해진다.

올여름, 방학의 끝자락에 아들과 함께 친정에 내려갔다. 돌아오는 기차를 타기 전, 엄마 아빠를 모시고 유명하다는 베이커리 카페에 들렀다. 두 분은 건강을 위해 평소엔 밀가루를 피하시지만, 일 년에 한두 번은 빵순이 딸내미와 함께 빵을 먹어주신다. 그나마 건강에 좋은 캄파뉴와 모카빵도 하나 담았다. 마흔이 훌쩍 넘은 나는 이제 엄마 아빠와 커피도 같이 마신다. 빵과 커피를 앞에 두고 두런두런 얘기를 나누는 이 시간이 참 좋다.

'엄마 아빠, 빵도 참 맛있게 드시네. 엄마가 모카빵을 이렇게 잘 드셨나?'

어쩌면 우리 세 남매가 어렸던 그때도 좋아하셨을지 모른다는 생각에 가슴이 덜컥 내려앉았다. 제발 엄마 입에 한 덩어리라도 넣어드렸었기를, 우리가 다 먹어 버린 게 아니기를. 이런저런 생각에 빵순이는 빵을 먹지 못하고, 모카빵을 엄마 쪽으로 당겨 드린다. 오래도록 엄마와 모카빵이 함께했으면 좋겠다.

바게트를 뜯어본 적 있는가

신미경(잼빵)

"넌 잠 안 오고 무서울 때 무슨 생각해?"

"난 빵 고르는 상상해. 빵 냄새를 맡으며 예쁜 빵들을 고르는 행복한 생각."

양 한 마리, 양 두 마리를 세는 대신 나는 슈크림빵, 소보로빵, 초코소라빵… 그렇게 빵을 세곤 했다. 엄마가 빵은 잘 안 사주고 늘 밥만 해주셔서였을까. 빵을 실제로 먹었던 기억보다 빵을 세며 잠들려 애쓰던 밤들이 더 생생하다.

나의 첫사랑 빵은 무엇일까.

밥밖에 못 하던 엄마가 내 생일날, 프라이팬에 신문지를 깔고 달걀 반죽을 부어 만들어주셨던 어설픈 카스텔라가 떠오른다.

안양 중앙시장에서 줄 서서 먹었던 달인 아저씨의 꽈배기와 생
도넛도 그립다. 그래도 내 혀에 가장 오래 각인된 아련한 첫사랑
은 바게트리라.

스물다섯, 나는 게임 스타트업에서 대학생 신분으로 파격적
인 대우를 받으며 취업했다. 그런데 그 좋은 직장을 내려놓고 뒤
늦게 영어 공부가 하고 싶어졌다. 한 번은 나가봐야 후회가 없을
것 같아 영국행을 마음먹었다. 따박따박 월급 모아 좋은 데 시
집갈 거라 믿었던 딸이, 모은 돈을 들고 홀연히 떠나겠다고 하니
부모 입장에서는 황당하고 쓰라렸을 것이다. 연년생 등록금 대
느라 숨 돌릴 틈도 없었는데, 이제 좀 편해지나 싶던 그때 내가
출국을 선언했으니 말이다.

"엄마, 생활비는 제가 벌어 쓸게요."

인생이 고정되기 전에, 내가 진짜 원하는 것이 무엇인지 마지
막으로 한 번은 알아보고 싶었다. 세계를 배우고 싶었고, 유랑하
고 싶었다. 무엇보다 완전한 독립을 해보고 싶었다. 영국을 연수
지로 정한 이유는 학생비자로도 일을 할 수 있었기 때문이다.

막연히 동경하던 마을, 케임브리지로 향했다. 모아 둔 돈은 왕
복 비행기값과 단칸방, 어학 프로그램 등록비에 금세 바닥났다.
운 좋게도 스페인 친구들을 사귀었고, 그들의 도움으로 펨브로
크 칼리지에서 '밥 퍼 주는 여자'가 되었다.

새벽부터 일하고 공부하고, 다시 일하고 공부하고… 누가 시키지도 않았지만 정말 열심히 살았다. 2주마다 통장에 파운드화가 찍혔는데, 한 푼도 허투루 쓸 수 없었다. 그건 내 여행비였다. '지금은 밥을 퍼 주는 여자지만, 9개월 후 나는 유럽을 누빌 것이다!' 내 돈으로 내 꿈을 펼치는 진짜 어른이 된 느낌에 고된 식당 일도 즐거웠다. 매일 힘들었지만 또 불끈 힘이 났다.

그 당시 유럽에서 6개월 이상 체류한 학생은, 여러 나라를 몇 개의 존으로 묶어 대부분의 기차를 무제한으로 이용할 수 있는 꿈같은 티켓을 살 수 있었다. 유럽 친구들의 정보력을 등에 업어, 유레일 학생 패스보다 훨씬 저렴하게 서유럽부터 동유럽, 북쪽의 덴마크까지 횡단할 수 있는 패스를 손에 넣었다. 프랑스, 이탈리아, 스위스, 슬로베니아, 체코, 헝가리… 여행 계획은 점점 더 커졌고, 2006년 독일 월드컵까지 대한민국 경기를 빠짐없이 즐기겠다는 마음속 욕망이 그야말로 이글이글 타올랐다.

나의 베이스캠프는 오스트리아 잘츠부르크였다. 유럽 지도 한가운데 자리해 동서로 뻗은 수많은 기차를 이용하기 좋은 교통의 요지였다. 무엇보다 기차역 근처에 유럽에서 가장 저렴한 유스호스텔이 있었다.

서쪽으로는 스위스를, 북쪽으로는 독일을, 동쪽으로는 프라하와 부다페스트를 떠돌다가 잠은 다시 잘츠부르크로 돌아와 자곤 했다. 먼 거리를 이동할 때면 기차 안에서 자기도 했고, 기차 역에서 밤을 새우기도 했다.

노숙이냐고? 맞다. 막차와 첫차 사이의 기다림을 대합실 벤치에서 보내며 숙박비를 아끼기도 했다. 침낭까지 단단히 말아 넣은 배낭 하나를 메고 돌아다니는 동양 여자, 사람들 눈엔 어떻게 보였을까.

여행의 재미는 먹는 데 있다지만, 그때의 나는 악착같이 아껴야 했다. 큰 바게트 하나를 사서 세 토막으로 나눈 뒤, 걷고 또 걸으며 아침·점심·저녁으로 나눠 먹었다. 1일 1바게트를 해야 미술관이라도 한 번 들어갈 수 있었으니까.

스위스 취리히였던가. 기차역 대합실에서 파는 먹음직스러운 샌드위치를 몇 번이나 외면하다가, 하루는 끝내 참지 못하고 작은 사치를 누렸다. 그 샌드위치 역시 담백한 바게트로 만든 것이었다. 요즘은 세계 각국의 호화로운 빵들이 서울에 다 들어와 있어 그 비슷한 맛을 쉽게 사 먹을 수 있지만, 내가 첫째를 임신했을 무렵만 해도 그 맛은 오직 '나만 아는 맛'이었다.

"여보, 큼직한 바게트에 하얀 치즈와 얇은 햄이 늘어지게 껴 있어. 양상추도 있었는지 모르겠는데, 토마토는 있었어. 소스는 케첩, 마요네즈, 과일소스 그런 거 아니고, 버터밖에 없는 것 같아. 굉장히 깔끔하고 담백했어. 나, 그런 샌드위치 먹고 싶어."

남편은 상암과 홍대, 상수동까지 힙해 보이는 빵집을 여럿 돌아보았지만, 결국 구해오질 못했다. 2014년에 잠봉뵈르를 마포에서 어떻게 구할 수 있었으랴. 나름 유럽식 샌드위치라고 사 온 크루아상 샌드위치는 지나치게 부드럽고 속 재료가 과했다. 1유로 바게트로 연명하던 시절, 스위스 기차역 노점에서 파는 그 소박한 샌드위치가 내 입덧 푸드가 될 줄이야.

지금은 그 맛을 간단히 구현할 수 있는 시대가 되었다. 트레이더스에서 잠봉뵈르 햄과 무염버터, 하바티 치즈만 사서 끼워 넣어도 대충 그 맛이 난다. 문제는 늘 빵이다.

우리 동네엔 맛있는 빵집이 많지만, 바게트를 파는 곳은 의외로 찾기 어렵다. 세상의 모든 빵을 모아둔 것 같은 대형 빵집도 최근 바게트 판매를 중단했고, 조리기능장을 내세워 빵부심을 자랑하는 신생 빵집도 바게트는 취급하지 않는다. 품은 많이 드는데 비싸게 팔기 어려운, 그야말로 서민 빵이기 때문일 것이다.

그래도 다행이다. 파리바게트는 이름이 '바게트'니까, 영원히 바게트를 팔아줄 것만 같다. 3,600원의 행복이다.

청춘의 나는 '젊어서 고생은 사서도 한다'라는 말을 '젊으니까 괜찮아'로 다짐하듯 되뇌었다. 지금 생각해 보니 그 말의 참뜻은 '젊을 때 시련을 이겨 내고 도전하는 경험이 나이가 들어서도 나태와 사치를 막아준다'인 것 같다.

중년의 나는 주머니가 가난하지 않지만, 오늘도 바게트 딱 하나만 샀다. 그때처럼 먹어야 할 것 같아서, 썰어준다는 것도 사양했다.

오전에 뜯고, 퇴고하는 밤에 마저 뜯는다. 젊은 날의 패기가 또렷하게 되살아난다.

엄마, 밥솥 카스텔라는
왜 안 해주신 거예요?

황선영(책빵)

어릴 적에 치기 어린 생각을 좀 했었더랬다.

조선시대에는 60살만 넘어도 오래 살았다고 환갑잔치를 했다는데, 이 지겨운 세상 뭐하러 벽에 똥칠할 때까지 사나 싶어서 난 환갑 되기 전에 죽거나, 아님 우아하게 생을 마감하고 싶다고 생각했다. 오필리아의 죽음처럼 말이다.

지금은 어떠냐고?

운동은 안 하면서 오래오래 건강하게 살고 싶다는 생각에 요일마다 병원을 들락날락거리고 있다(모든 직장인들의 필수품인 거북목, 척추디스크가 나라고 예외는 아니다). 아이들은 3개월에 한 번씩 안과랑 치과를 다니는데, 막상 나는 스케일링을 언제 했는지 기억도 안 났다. 애들만 챙기고 스스로는 못 챙기는 게 어처구니가 없어, 나도 안과랑 치과 정기검진을 다니기 시작했다. 가야 할 병원이 이뿐일까? 만 40세가 넘으니 건강검진에서 통과 못한 항목들이 속출해 주기적으로 방문해야 하는 진료과들이 나래비 줄을 선다.

구구절절하게 썼지만, 결론은 병원투어를 하더라도 장수하고 싶은 게 현재 나의 속마음이다. 병원투어로는 부족한 것 같아 막대기 같은 몸을 이끌고 몸치인 내가 수영까지 다니기 시작했다.

다시 어릴 적 이야기로 돌아가자면, 내가 자란 곳은 골목 끝집이었다. 골목은 항상 또래들로 북적북적했다. 우리는 집집마다 담벼락을 넘어가며 노는 게 일이었고, 노래 가사 그대로 술래잡기, 고무줄, 말뚝박기, 사방치기, 땅따먹기로 해가 질 때까지 놀았다(지금은 어른이 되어 그런가? 담벼락만 올라가도 무섭다).

어느 날 골목 입구에 사는 언니가 할머니가 만들어주신 거라며 빵을 들고 왔다. 슈퍼에서 파는 것도 아니고, 그냥 아무 소도 없는 빵 덩어리였는데 달큼하니 참 맛있었다. 그때 우리 집에서 주로 먹었던 빵은 식빵 정도였는데, 이것은 무슨 신세계인가 싶어 빵을 가져온 언니에게 물었다.

"언니, 이거 어떻게 만든 거래?"

"할머니가 밥솥으로 만든 카스텔라라는 거 같던데…."

밥솥으로 빵도 만들 수 있다니 신기했다. 우리 집에서는 밥만 만드는데….

그날 놀이를 끝마치고 엄마에게 달려갔다.

"엄마! ○○ 언니네 할머니가 밥솥으로 빵 만들어줬대. 나도 그거 해줘!"

평소 우리 엄마도 요리 실력은 뒤처지는 편은 아니어서 말만 하면 금세 해주실 줄 알았는데, 이상하게 카스텔라만큼은 끝내 안 해주셨다. 지금 생각해 보면 전기밥솥이 없어서였나 싶기도 하다. 다시 찬찬히 생각해 보면 전기밥솥으로 식혜도 자주 해주셨는데, 왜 카스텔라만 안 해주신 건지 의문이다.

우리 엄마는 어묵탕이나 볶음밥은 좀 불량하다고 생각하셨는지(순전히 엄마의 주관적인 생각과 나의 추측이다.) 불량식품으로 취급받는 메뉴는 정말 가끔 해주셨다. 밥솥 카스텔라도 그래서 안 해주신 걸지도 모르겠다.

아무것도 들어 있지 않은, 빵 본연 그대로의 뽀얀 색. 모양은 얼핏 술빵 같지만, 결은 전혀 다른 그 맛! 먹고 싶어서 더 그리운 건지, 세상에 맛있는 빵이 셀 수 없이 많아도 죽기 전 먹을 마지막 한 조각을 고르라면 밥솥으로 만든 카스텔라가 아닐까 하는 생각이 든다.

내친김에 엄마한테 전화해서 물었다.

"엄마, 예전에 그 ○○ 언니네 할머니가 밥솥으로 카스텔라 만든 거 기억나? 그거 내가 엄마한테 해달라고 했었는데, 왜 안 해줬어?"

이건 절대로 따지는 말투가 아니다. 정말로 궁금해서 돌직구를 날린 것뿐이다.

"아, 그거 만드는 법을 몰라서 못 만들어줬지."

엄마는 뭐든 척척 해내는 슈퍼우먼인 줄 알았는데, 이런 대답을 들을 줄은 꿈에도 몰랐다. 지금이야 검색하면 레시피가 쏟아지고, 유튜브 영상도 넘쳐나지만, 내가 어릴 때만 해도 새로운 요리법을 알기란 쉽지 않았을 것이다.

수화기 너머에서는 어느새 밥솥 카스텔라 이야기는 사라지고, 엄마가 다니는 문화센터의 근황이 이어졌다.

엄마도 모르는 게 많은, 그저 평범한 엄마였다는 사실을 마흔이 넘어서야 비로소 깨닫는다. 전화기 앞에서는 차마 쑥스러워 입을 떼지 못한 말을, 뒤늦게나마 종이 위에 올려본다.

"엄마가 내 엄마라서 정말 좋아요. 사랑해요."

호이호이빵을 아시나요?

정상원(소원빵)

어떤 빵은 타임머신이다.

동그랗고 말랑한, 한입 베어 물면 이빨이 저리게 달콤한 꿀이 배어 나왔다. 태어나서 처음 먹어보는 입안 가득 퍼지는 강렬한 단맛이었다.

호이호이빵. 그래, 그 빵이었다.

기억 속 흑백사진처럼 오래된 장면이 선명히 살아난다. 그 빵을 꼭 쥐고 있던 어린 나, 그리고 다른 한 손을 잡아주던 거칠고 투박한 늙은 손.

골목길을 따라 걷다 보면 커다란 감나무가 드리운 집이 나온다. 대리석 벽돌 사이로 파란 양철 대문이 자리하고, 대문을 열고 들어서면 어머니와 할머니가 갈퀴로 감을 따고 계신다. 축축하게 휘어진 나뭇가지에서 감잎이 후두둑 떨어지고, 곧 감도 토도독 바닥에 떨어진다. 금세 깨어진 감에서는 떫은내가 스며 나온다.

껍질을 슥슥 깎아 실에 꿰어 매달아 두면 아릿한 냄새는 어느새 달달한 향으로 변한다. 청아한 가을 하늘 아래 맑은 햇살이 스며들고, 매달린 감들은 바람에 흔들리며 빛났다. 엄마를 따라 미용실에 갔다가 머리가 폭 볶인 채 돌아온 나는, 동생과 함께 현관 계단에 앉아 바람에 흔들리는 감들을 멍하니 바라보고 있었다.

끼익- 문이 열리고 뚜걱뚜걱 구둣발 소리가 들린다.

"하라부디!"

할아버지가 나오신다. 할아버지를 졸졸 따라간다. 그러면 할아버지는 우리 손을 잡고 동네 슈퍼로 향하셨다. 늘 그랬듯 올림픽 복권 한 장을 사시고, '호이호이빵' 하나를 집어 드셨다. 그 빵을 내 손에 쥐여주시고 출근하셨다. 할아버지를 배웅하고 나면 나는 동생과 그 빵을 나누어 먹었다.

달았다.

정말 엄청나게 달았다.

매달아 둔 곶감보다 훨씬 더.

이 사이로 새어 나온 꿀이 흘러 옷깃을 적시는지도 모를 만큼, 우리는 단맛에 취해 정신없이 빵을 먹어 치웠다. 꼬불거리던 내 머리카락에도 꿀이 잔뜩 묻었다. 할아버지가 사주신 그 빵은 어느새 내 온몸을 달콤하게 뒤덮었다.

"애 춥다. 감기 걸리니까 데리고 가라!"

나를 낳던 날, 할아버지는 내가 딸이라는 이유로 쳐다보지도 않으셨다고 한다. 아버지는 그 일을 오랫동안 기억하고 계셨다. 얼마나 많이 들었는지 셀 수도 없다. 아마 삼만 이천오백 회 정도는 말씀하셨던 것 같다.

할아버지는 두꺼운 족보가 있는 양반 가문의 후손이었다. 딸을 네 명이나 낳고 나서야 얻은 장손. 그 장손의 첫아이가 딸이었다. 여자 상, 남자 상을 따로 내는 시대였다. 둘째 고모는 내가 딸을 둘 낳자 전화를 하셔서 위로의 말씀을 하셨다. 여자라는 이유로 멸시받았던 세대의 한이 느껴졌다. 지금은 세상이 많이 달라졌지만, 그때는 그런 시대였다.

화장품 회사에 다니던 어머니는 신여성처럼 할아버지의 고정 관념에 미니스커트로 도전했지만, 다시 발목까지 내려오는 긴 치마로 갈아입을 수밖에 없었다. 아버지가 종종 약주 한 잔에 할아버지 이야기를 풀어놓으실 때면, 존경과 그리움과 함께 위엄과 두려움이 느껴졌다. 아버지에게 나의 할아버지는 존경스럽지만, 무섭고 엄한 아버지였다.

하지만 세월이 흘러서였을까, 아니면 예상치 못한 손녀의 애교 때문이었을까. 딸이어서 섭섭해 안아보지도 않았던 손녀를 자장가를 부르면서 재워주실 정도로 예뻐하게 되어 버린 것이다. 할아버지의 엄하디엄한 네모난 얼굴이 손녀를 안아 들 때면 달달한 꿀을 품은 호이호이빵처럼 둥그레져 있었다.

내가 태어난 다음 해, 어머니는 할아버지의 소원을 들어주셨다. 4.8kg의 떡두꺼비 같은 장손을 낳으신 것이다. 그러면 이제 손녀에 대한 애정이 손자에게로 옮겨가는 것이 수순이건만, 내 기억 속 할아버지는 여전히 손녀인 나를 너무나 예뻐하셨다. "하라버디랑 잘래~" 하며 품을 파고드는 뜨끈하고 말랑한, 우유 냄새 나는 강아지 같은 아이. 종알종알 쉴 새 없이 중얼거리며 또록또록한 눈으로 바라보던 나를 참 예뻐하셨다. 나는 늘 할아버지의 첫째였다.

어느 날 밤, 할아버지는 주무시고 나서 아침에 일어나지 못하셨다. 너무나 갑작스럽게 하늘나라로 가 버리셨다. 고혈압이었다. 내 나이가 다섯 살인가 여섯 살인가 흐릿한 기억 속에서 엉엉 울고 계시던 아버지가 떠오른다. 나는 그런 아버지가 너무 불쌍해서 아버지의 흐느끼는 어깨에 손을 얹으며 "아빠, 울지 마… 아빠, 울지 마…" 하는 말만 반복했다. 아버지는 어린 딸아이를 껴안고 한번 더 오열하셨다.

여기저기 손상된 내 기억 속 영화는 마치 지지직거리는 낡은 필름 같다. 모든 것이 흐릿하지만, 그 강렬했던 순간만은 가슴속에 박혀 잊혀지지 않는다.

이제는 할아버지의 얼굴도, 냄새도, 목소리도 기억나지 않는다. 심지어 그 달달했던 호이호이빵의 맛도. 1974년에 처음 만들어졌던 빵이라 퍼석퍼석하고 거친 식감에 싸구려 설탕 맛이 잔뜩 농축된 단맛이 아니었을까.

편의점에서 파는 꿀호떡을 사다가 아이들에게 구워준다. 내 아이들은 어린 시절의 나처럼 그 맛에 그렇게 들뜨지 않는 모양이다. 아이들이 남긴 꿀호떡을 한입 베어 물자, 부드럽고 말랑한 빵에 촘촘히 스민 꿀이 우아하게 번지며 입안을 가득 채운다.

아, 달다. 달아.

엄청나게 달다.

마흔 살 나는 다시 여섯 살로 돌아간다. 내 한 손에는 호이호이빵이 들려 있다. 그리고 다른 손에는 할아버지의 늙고 거친, 두터운 손이 잡혀 있다. 희미한 미소와 웃음소리, 구둣발 소리….

'오늘 밤, 꿈속에서 할아버지를 만날 수 있을까?' 생각하며 다시 한입 베어 물어본다.

산통 중에 떠오른 보름달

정미진(아침빵)

새벽 5시에 눈이 저절로 떠졌다. 주르륵 따끈하게 흐르는 느낌은 출산이 임박했다는 신호였다.

"여보, 양수가 흐르는 것 같아."

출산에 대해 많은 상상을 해봤지만, 막상 그날이 되고 보니 심장이 터질 듯했다. 마음을 가다듬고 미리 준비해 둔 출산 가방을 챙겨 병원으로 향했다.

"오늘 아가 만나시죠."

산부인과 의사가 선고하듯 말했다. 오늘이 예정일이고 몸의 변화도 있어서 예상은 했지만 의사의 입에서 그 말이 나오자 모든 것이 갑작스럽게 느껴졌다. 임신을 계획하면서부터 출산을

염두에 두고 있었음에도, 머릿속은 한순간 멍해졌다.

'내가 이 큰일을 해낼 수 있을까? 아기를 잘 만날 수 있을까? 잘 안 되면 어떡하지? 엄마는 어떻게 이런 일을 여러 번 견뎌냈지? 엄마, 나 너무 무서워.'

초산의 임신부는 거대하게 밀려오는 두려움의 파도에 몸을 내던지고 있었다. 진통이 발끝도 내밀기 전인데 눈물부터 흘리고 있는 엄마였다.

'진정하자. 지금 나는 아기를 낳아야 한다. 의사 선생님들이 잘 도와주실 거다.'

남편의 손을 꼭 잡고 '나 잘할 수 있겠지?' 하는 눈빛으로 나에게 용기를 좀 달라고 애원했다.

입원실 침대에 누워 주삿바늘을 연결하고 유도분만제를 맞았다. 무통주사도 맞았는데 초반에 맞았는지 진통 중에 맞았는지 그 시점에 대한 기억이 희미하다. 아무튼 이렇게 내 몸에 두 든든한 조력자가 자리 잡았다. 유도분만제는 "아기야, 이제 나갈 시간이야" 하고 속삭이며 분만을 도울 것이고, 무통주사는 나의 고통을 10분의 1로 줄여서 출산이 너무 힘들지 않게 도울 것이다. 할 수 있다는 다짐과 불안이 뒤섞인 가운데 나는 어지러움을 느꼈다. 떠오르는 복잡한 생각들을 억지로 누르며 아기에게 전달되지 않게 하려고 머리를 흔들었다. 출산을 위한 일련의 절차

들을 마치자 본격적인 진통이 시작되었다. 습습후, 습습후, 간호사를 따라 천천히 숨을 고르며 곧 만나게 될 예쁜 아기만 떠올렸다. 그리고 우리 아기 잘 만나게 해달라고 간절히 기도했다.

"4cm 열렸네요."

4cm 열리면 그 이후는 일사천리라고 했는데, 나의 진통은 뭔가 애매했다. 아프기는 아픈데 숨이 꼴딱꼴딱 넘어갈 만큼의 진통은 아닌 듯했고 뭔가 나오고 있다는 느낌도 없었다. 몇십 분 간격으로 의사가 와서 내진을 했지만, 내 자궁문은 4cm에 그대로 머물러 있었다. 그러다 미미하던 진통조차 잦아들고 갑자기 졸음이 밀려왔다. 의사에게 졸리다고 했더니 그럼 자라고 하는 것이 아닌가. 그렇게 한숨 자고 일어나 다시 내진을 했는데 여전히 4cm였다. 10cm가 열려야 아기가 나오는데 몇 시간을 진통해도 왜 아직 4cm인 것일까. 내가 잠을 자서 그런가? 뭔가 잘못된 거 아닐까? 다시 불안이 엄습해왔다.

불안과 고통 속에서 몸부림치는 와중에도 나는 어떤 이미지를 하나 떠올리고 있었다. 그것은 거칠면서도 부드럽고 단단하면서도 폭신했다. 동그란 모양 둘이 포개어지고 그사이에 연한 핑크빛의 달콤함이 머무르는, 달큼한 향이 회오리치듯 밀려왔다가 탁 하고 상큼함이 온몸에 퍼지는 신기루 같은 형상이 보였다.

어쩌면 이건 출산에 대한 이미지인지도 몰랐다. 거친 진통의 숨결은 아기에게 부드럽게 다가가 아기를 슬며시 밀어주고, 동그란 모양 두 개는 엄마와 아기를 상징하며 연한 핑크빛은 둘을 하나로 이어주는 탯줄이 아닐까. 아기를 낳고 품에 안으면 나의 출산은 고통 대신 사랑 가득한 달콤함으로 느껴질 것이다. 아이가 응애 울면 나의 코는 상큼한 레몬 향을 맡은 것처럼 찡하다가 곧 온몸으로 전율을 맛보게 될 것 같았다.

아기를 빨리 보고 싶다는 생각이 점점 더 강해졌고 마침내 본격적인 진통이 시작되었다. 아프다. 진짜 아프다. 숨이 안 쉬어진다. 무통천국이 끝난 걸까. 다시 내진을 했다. 4cm. 4cm의 지옥에 갇혔다. 남편을 보며 나 좀 살려달라고 울부짖었다. 의사가 아기는 나올 준비가 다 끝났는데 엄마의 골반이 안 열려서 아기도 힘들어한다고 했다. 결국 제왕절개를 결정할 수밖에 없었다. 남편이 급하게 동의서에 사인을 했고 수술은 바로 시작되었다. 마취에서 깨어났을 때, 아기가 건강하다는 말을 듣고서야 마음이 놓였다. 정말 목숨을 건 출산이었다.

곧 남편이 아기를 병실로 데려와 누워 있는 나에게 안겨주었다. 너무나도 작고 여렸다. 그 작은 얼굴에 눈, 코, 입이 있는 게 신기했다. 빨간 핏줄들이 아기의 용씀을 선명하게 보여주었다. "아가야" 하고 부르니 상큼한 전율과 함께 눈물이 났다.

"여보, 나 먹고 싶은 게 있어."

"뭔데? 말만 해. 다 사다 줄게."

"보름달 빵."

출산 중 떠올랐던 이미지는 보름달 빵이었다.

어렸을 적, 작고 마른 아이였던 나는 먹는 것을 그다지 좋아하지 않았다. 배가 자주 아파서 때때로 식음을 전폐하곤 했고, 밥 한 숟가락도 넘기지 못한 채 쫄쫄 굶어 있을 때가 많았다. 그럴 때마다 할머니는 언니들 몰래 나에게만 보름달 빵을 쥐여주셨다. 나는 그 빵을 덥석 베어 먹지도 못하고 한 꼬집씩 떼어 입 안에 넣고 천천히 녹여 먹곤 했다. 약간의 바삭함과 달콤함 그리고 부드러움. 보름달 빵 안에는 할머니의 사랑이 고스란히 들어 있었다. 그렇게 할머니의 사랑을 먹으며 자랐다. 유년 시절 나의 생명을 유지시켜 주었던 보름달 빵을 산통 중에 떠올린 것으로 보아 할머니가 이번에도 나와 아기를 살려주신 것 같다.

퇴원 후 남편이 보름달 빵을 사 왔다. 이제 막 태어난 우리 아기의 볼처럼 부드럽고 촉촉했다. 그리고 할머니 생각이 났다.

"할머니 고마워요."

Part 2

우울해서 빵을 샀어

지금 빵 먹지 않는 나,
무죄

안지선(햇살빵)

언제부턴가 내 삶에서 빵이 사라졌다. 빵 없인 우유도 커피도 먹은 것 같지 않다던 나였는데. 그 소중한 빵을 멀리한 지도 어느덧 두 달이 되어 간다. 빵을 잃은 빵순이라니. 나라 잃은 슬픔에 감히 비할 바 아니지만, 적어도 내 안에선 그 정도의 비장한 각오요, 결심이었다. 달콤한 삶의 낙을 앗아간 이는 다름 아닌 나. 더 정확하게는 내 몸이 보내는 위험 신호를 더 이상 외면할 수 없어 울며 겨자 먹은 나였다. '악' 소리 나게 아픈 어깨 통증, 건강검진 후 받아 든 여러 '정밀 진단 요함' 딱지, 신나게 먹고 나면 어김없이 찾아오는 소화불량과 위통, 몸이 보내는 신호는 너무나 명확했다.

"건강 황 신호, 멈추세요! 지금 멈추지 않으면 당신의 건강에 빨간불이 들어옵니다."

내 몸 이곳저곳에서 깜빡이는 노란불은 빵과 디저트 먹방을 즐겨 보던 나의 알고리즘마저 바꿔 놓았다. 건강한 식단, 혈당 스파이크, 간헐적 단식, 스위치온을 거쳐 요즘 나의 유튜브 최다 검색어는 '저속노화'다. 저속노화란, '식단, 수면, 운동 등 전반적인 생활 습관 개선으로 건강을 관리해 느리고 건강하게 나이 드는 것'을 말한다. 전문가들은 저속노화 생활법을 지키면 건강한 일상을 통해 노화의 속도를 조절하고, 노화에 따른 다양한 질병으로부터 우리 몸을 지킬 수 있다고 강조한다. 건강관리를 해야겠다 결심하고 알고리즘 신의 손바닥 위에서 이리저리 굴러다니던 나에게 툭 떨어진 이 키워드는 그날 이후로 내 안에 서서히 스며들었다. 몸이 보내는 이상 신호에 조금씩 불안해지던 때에 저속노화는 내가 꽉 붙들어야 할 동아줄처럼 느껴졌다.

"당화혈색소 6.8%일 때 너무 행복했어요!"

빵에게 억지로 이별을 통보하고 얼마 후, 유튜브에서 한 인터뷰 콘텐츠를 흘려듣다 빵 터졌다. 건강 전문 채널에서 뜬금포 당뇨병 예찬이라니! (건강한 성인의 당화혈색소 정상 범위는 6.0%, 6.5% 이상은 당뇨병에 해당한다고 한다.) 용기 있는 고백의 주인공은 개그계의 대부이자 최고참 현역 예능인 이경규 씨였다. 그는 최근 출간한 에세이 『삶이라는 완벽한 농담』에서 다뤘던 건강 관련 에피소드를 이야기하고 있었다.

탄수화물과 술을 매일 즐기던 그가 몇 년 전 당뇨 진단을 받고 식생활 개선에 들어갔단다. 아침으로 달걀 2개, 김 2장, 과일 하나를 먹고, 점심과 저녁은 현미 즉석밥 한 그릇에 간고등어와 김치, 나물 등 한식으로 배부르지 않을 만큼만 먹었다고. 그렇게 1년을 지속하고 나니 약 없이도 혈당이 5.8%까지 내려가 담당 의사도 깜짝 놀랐다고 한다. 당뇨 극복 에피소드를 언급하며 얼마나 뿌듯하고 기쁘시냐 묻는 진행자에게 이경규 씨도 매우 기쁘고 행복하다고 했다. 그러고는 한마디 덧붙이는 걸 잊지 않았다.

"삶의 질은 좋아졌는데, 삶의 낙이 없어요."

이 또한 자의 반, 타의 반으로 '빵 방학'을 보내는 중인 나의 심금을 울리는 명대사였다. 사실 삶의 기쁨과 행복이야 먹고 싶은 것, 마시고 싶은 것 마음껏 즐기던 당화혈색소 6.8%일 때와 비할 바가 있겠는가. 그럼에도 불구하고 삶의 질을 택한 이유는 "박수 칠 때 왜 떠나냐, 아무도 박수 안 칠 때까지 활동할 것"이라던 그의 MBC 연예대상 공로상 수상소감이 말해주고 있는 것은 아닐까.

청바지에 멋스러운 셔츠를 입고, 자전거 타고 찾아간 노천카페에서 빵과 커피를 즐기는 할머니. 꾸준한 운동과 건강한 식단으로 가꾼 건강하고 활기찬 할머니는 내가 꿈꾸는 약 30년 뒤 내 모습이다. 염색을 벗어난 지 오래라 은발로 반짝이는 머리 위로 선글라스를 헤어밴드처럼 올리고, 세월의 흐름 따라 자연스레 주름진 콧등 위에 돋보기를 걸치고 책을 읽는다. 책장을 넘기며 느긋하고, 여유롭게 고소한 카페라테 한 잔을 마셔야지. 갓 구운 베이글과 스콘에 크림치즈와 클로티드 크림, 딸기잼도 듬뿍 얹어서. 그런 할머니가 되고 싶다. 몸도 마음도 건강한 할머니. 삶의 기쁨을 누릴 줄 아는 할머니. 아직 정정하신 부모님과 함께 꼭꼭 씹어 브런치도 즐기고 싶고, 딸들이 소개해준 요즘 스타일 카페에서 핫하다는 커피와 신상 빵을 먹으며 수다도 떨고 싶다. 맛있는 안주에 술 한잔하는 게 제일 큰 취미인 남편과 한 달에 한 번쯤은 새로운 술집에 찾아가 색다른 안주와 술 한잔을 앞에 두고 데이트도 즐기며 나이 들고 싶다. 글로 쓰는 것만으로도 입가에 미소가 번지는 미래의 내 모습을 지키기 위해 나는 지금 잠시 빵을 멀리하는 중이다.

계획대로 흘러가지 않는 게 인생이고, 한 치 앞도 알 수 없는 것이 삶이기에 먼 미래를 내 맘대로 정해 놓는다는 건 말도 안 되는 욕심일지 모른다. 그러나 내일의 나를 만드는 건 결국 오늘의 내 선택들이 아닐까? 내가 꿈꾸는 행복한 모습으로 사랑하는 사람들 곁에 오래 머물고 싶다. 나도 그들도 함께, 즐겁게. 그래서 나는 오늘도 빵 대신 양배추와 단호박을 찌고, 토마토를 썰었다. 딸기잼 대신 올리브 오일을 곁들이고, 크림치즈 대신 낫또를 선택했다. 건강한 몸이 건강한 정신과 삶을 만들어 간다는 것을 알기에, 애정하는 빵과 조금은 내외하는 중이다. 대신 한 번 먹을 땐 제대로, 신나게, 양껏 먹을 거다. 예쁜 접시에 담아, 내가 아는 최고로 맛있는 조합으로 그렇게 나에게 빵을 대접할 거다. 좋아하는 걸 오래 즐기기 위해 적당한 인내와 양보도 필요한 나이가 되었다는 것을 기꺼이 받아들였으므로, 나는 나의 이 선택에 욕심보다는 지혜라는 이름을 붙여주고 싶다. 그리하여 오늘도 달콤한 디저트가 가득한 빵집 쇼윈도 앞을 서성이다 돌아서며, 마음속으로 씩씩하게 외쳐본다.

"지금 빵 먹지 않는 나, 무죄!"

생의 마지막 성찬

채서린(시골빵)

"거기 베이글이 여전히 줄 서서 먹을 만큼 맛있어요?"

"네, 맛은 있더라고요."

아무리 빵이 좋아도, 줄을 서서 기다린다는 건 내게 늘 약간의 용기가 필요한 일이었다.

'내 돈으로 내가 뭘 하든.'

이런 퉁명스러운 가르침 앞에서는 괜한 걱정이 우스워지기도 하지만, 막상 그 줄에 서면 이상하게 조심스러웠다. 생각해 보면 돈이 많든 적든, 빵을 살 만큼의 일정한 금액만 있다면 누구에게나 공평하게 주어지는 기회다. 일찍 온 순서대로 한정된 빵을 받아 가는 건 어쩌면 가장 당연하고 단순한 원리인데도 앳된 얼굴의 대기자들 사이에 서서 빵을 기다리는 일은 당당하지 못했다. 가끔 긴 줄을 힐끗거리며 지나가는 어르신들과 눈이 마주칠 때면, 그 어색함은 더 커졌다.

약속 시간보다 먼저 도착한 나는 이미 대기 줄 속에 끼어 있었다. 여기서 만나기로 한 친구가 조금만 더 일찍 왔으면 내 이 민망함도 조금은 줄었을까 잠시 생각해 보았다. 그러다 금세 마음을 바꿨다. 혼자 기다리며 빵집 처마 아래 기대어 브런치 글들을 읽는 이 시간도 나쁘지 않다고.

그날 읽었던 글들 중, 특히 아픈 아이와 고단한 시간을 보내는 어떤 엄마의 글이 오래 마음에 남았다. 그 글을 끝으로 휴대폰 화면에서 시선을 떼고, 맞은편 거리를 바라보았다. 조용히 눈물이 차오를 것 같기도 했다. 산다는 게 기다림 끝에 빵을 살 수 있는 일이라면, 줄어드는 대기 번호를 보며 품는 작은 희망 덕분에 그 기다림이 견딜 만할 텐데.

캐리어를 끌며 지나가는 여행자들, 한껏 차려입은 젊은 연인들, 잠시 트럭을 세워 놓고 상자를 들어 근처로 달려가는 택배 기사, 분주함과 여유가 뒤섞인 도시의 아침 속에서 내 휴대폰 화면 안의 그 누군가는 지금쯤 조금은 담담해졌을까, 문득 마음이 쓰였다.

대기 50여 분 만에 빵집 안으로 입장하라는 안내를 받았다. 천

장에는 영국 국기가 가랜드처럼 대롱거렸고 생각보다 비좁은 실내에는 수많은 사람들로 자칫하면 정성스레 담은 빵 쟁반을 엎을 것 같았다. 조심히 계산하고 외부 음식 반입이 암묵적으로 허용되는 근처 카페에 갔다.

"커피 뭐 마실래, 카페모카?" 친구가 묻는다.

"아니, 오늘은 참을래. 따뜻한 아메리카노."

"후회 안 할 거야?"

"응, 카페모카 진짜 어울리는데 크림치즈가 어마어마하다. 양심상 아메리카노 마실게."

주문했던 커피가 나오고 대파 크림치즈 베이글을 한입 베어 물었다. 공복이었던 뱃속에 아직 기별이 안 갔다. 한껏 입을 벌려 한입 더 우악스럽게 베어 문다.

'이거 왜 이렇게 쫀득하고 쫄깃하지?'

오물거리는 입 사이로 헛웃음이 새어 나왔다.

"어때?" 내가 묻는다.

"줄 설만 했네."

빵과 죽음에 관한 글을 쓰다가 한동안 끝을 맺지 못하고 있었다. 글을 쓴다는 건 결국 나를 마주하는 일이고, 죽음은 의식하지 않을 때조차 삶에 그림자처럼 따라붙는 것임을 잘 알기 때문이었다. 대답하기 가장 쉬운 질문이면서도, 동시에 가장 대답하고 싶지 않은 질문이기도 했으니까.

생의 마지막에 허락된 빵이 있다면, 나는 대파 크림치즈 베이글에 카페모카를 곁들이겠다. 카페모카 위에 올라간 생크림도 그때만큼은 마다하지 않겠다. 먹고 죽을 거니까. 혈압도 혈당도 콜레스테롤도 더는 걱정하지 않아도 되니까. 굳이 줄을 서서 먹는 그 집 베이글이 아니어도 된다. 대신 언니네 동네 베이글 전문점에서 파는 베이글을 사다 달라고 할 것이다. 프레즐 베이스로 만든 그 집 베이글만큼은 아니지만, 화덕에 구운 이 집 플레인 베이글의 쫄깃함이면 충분할 테다.

아니, 사실은⋯ 마지막 순간에 언니 얼굴을 한 번 더 보고 싶은 마음이 더 크기 때문이겠지. 언니는 내 입에 들어갈 베이글 하나만 사 오지 않을 것이다. 두 조카 몫, 제부 몫까지 넉넉히 챙겨 올 테고, 그 와중에도 손에 커피까지 들고 올 게 뻔하다. 그러면 기력이 떨어진 나는 침대 위에서 큰아이와 대파 크림치즈를 나눠 바르고, 작은아이에게는 플레인 베이글을 쥐여주겠지. 찰지고 쫀득해 부스러기도 거의 나오지 않으니, 오늘만큼은 우리의 작은 성찬을 침대 위에서 함께 누릴 것이다. 언니는 아마 한쪽에서 라테만 조용히 홀짝이고 있을지도. 그리고 그 짧은 식사를 끝으로 우리가 나눌 대화는⋯ 굳이 떠올리지 않겠다. 무엇을 짐작해도 피맺힌 절규이거나 차마 입 밖에 꺼내기 힘든 부탁일

테니까.

몇 주 전, 추위를 뚫고 아침부터 언니가 사다 준 화덕 베이글을 함께 먹었다. 따끈한 빵을 나눠 먹으며 오랜만에 밀린 이야기를 나누고 있는데, 갑작스레 언니 지인의 부고 소식이 전해졌다. 언니는 급히 자리를 떴고, 나는 먹다 남은 빵 접시와 커피 컵을 정리하다가 빈집에서 홀로 떠나셨을 고인의 마지막이 떠올라 조용히 눈물을 훔쳤다.

그래서일까. 내가 바라는 '언니와 아이들 곁에서의 마지막'이라는 바람도 결국은 한낱 허구에 그칠 수 있겠다는 생각이 스쳤다. 빵 부스러기 하나 혀끝에 올리지 않아도 좋으니, 마지막 순간만큼은 사랑하는 얼굴들을 한 번 더 마주할 수만 있다면 더는 바랄 게 없을, 춥고도 쓸쓸한 날이었다.

꿀 먹은 교복

박수진(쑥쑥빵)

　지금으로부터 삼십여 년 전, 공부를 핑계로 뭐든 잘 먹어 치우던 여고생 때의 이야기다. 나는 밥보다 간식을 더 좋아했다. 하교 후 버스를 타는 곳까지는 걸어서 15분쯤 걸렸고, 그 길을 채워줄 간식 연료가 필요했다. 그 연료는 늘 호떡이었다. 호떡을 굽던 분의 얼굴은 잘 기억나지 않지만, 불판 위의 호떡을 이리저리 움직이던 손놀림만은 아직도 눈앞에 선하다.

　물그릇에 살짝 적신 손으로 피자치즈처럼 길게 늘어나는 반죽을 떼어낸다. 그 양은 신기하게도 매번 거의 같다. 대충 펼쳐 놓은 듯한 반죽 위에 흑설탕이 잔뜩 들어간 호떡 소를 숟가락으로 한가득 퍼 올린다. 그리고 그 소를 밀가루 감옥 속에 단단히 가둔다.

기름을 두른 팬에 동그랗게 말아진 흰 반죽을 '척' 올린다. 지글지글 기름에 한쪽 면을 먼저 익혀 단단하게 만든 뒤, 노랗게 구워졌을 아랫면을 뒤집개로 홀랑 뒤집어 꾹 눌러준다. 가끔 감옥을 탈출하려는 '소'들이 새어 나오기도 하지만 괜찮다. 어차피 갈 곳은 결국 내 입속이니까.

지금도 겨울이면 가끔 호떡을 사 먹는다. 요즘은 흘러내리는 호떡 소 때문에 옷이 더러워지는 일이 없다. 종이컵에 담아 주시기 때문이다. 하지만 나의 학창 시절에는 달랐다. 두꺼운 종이를 반으로 접어 그 사이에 호떡을 끼워 건네주셨다. 뜨거움이 그대로 손바닥에 전해졌고, 호호 불어가며 한입 베어 물면 쫀득한 반죽 사이로 달콤함이 입안 가득 번졌다. 늘어진 호떡 틈 사이로 고동색 설탕이 어김없이 흘러내렸고, 그것은 내 겨울 교복 위로 뚝뚝 떨어졌다. 두꺼운 모직 교복에 묻은 설탕은 결국 한 계절을 나와 함께 보냈다.

사실 나는 매년 겨울, 호떡 소를 교복에 달고 살았다. 오죽하면 선생님이 "교복 좀 빨아 입어라"라고 하셨을까. 물론 휴지로 닦아보기도 했다. 지금처럼 물티슈라도 있었으면 좋았겠지만, 그때는 그런 선택지가 없었다. 닦다가 붙은 휴지까지 함께 겨울을 보내지 않으면 다행이었다.

여벌의 교복은 없었다. 호떡 소를 지우려고 교복을 세탁소에 맡기면 며칠 동안 입을 옷이 없었다. 그래서였을까. 나의 교복은 더 이상 입지 않아도 될 따뜻한 봄이 되어서야 비로소 세탁소에 갈 수 있었다. 겨울 교복이 단 한 벌뿐이었고, 오염돼도 딱 한 번의 드라이클리닝만 허락되던 현실은, 어쩌면 그 시절 우리 집의 형편을 말해주고 있었는지도 모른다.

나는 종종 버스와 호떡 중 하나를 선택했다. 버스비로 산 달콤한 호떡을 씹으며 집까지 40분을 걸어가는 일도 나쁘지 않았다. 지금 생각해 보면 더러워진 교복을 스스로 조물조물 손빨래해서라도 입을 수 있었을 텐데, 그때의 나는 흘러내린 호떡 소를 마치 겨울 교복에 달린 작은 훈장처럼 여기며 한 계절을 그렇게 보냈다.

나는 그렇게 무던한 아이였다. 내가 무던했기에 그런 교복을 입고 다닌 건지, 바로 세탁소에 맡겨지지 않는 교복을 입고 다닌 탓에 무던해진 건지 그 상관관계는 알 수 없다. 하지만 나는 이런 성격 덕분에 지금도 일상의 어지간한 불편함에는 예민하게 굴지 않는다.

호떡이 생각나는, 코끝이 시릴 만큼 차가운 날씨다. 이제는 간식 연료를 조금 자제해야 할 마흔이 되었지만, 긴 겨울 동안 한두 번쯤의 호떡은 괜찮지 않을까. 예전처럼 호떡 소를 옷에 묻힌 채 계절을 나지는 않을 테니 말이다.

난 예순다섯 전에 죽어

이지연(단단빵)

팥붕이? 슈붕이?

아침 일찍부터 서울에 다녀오느라 지쳐서 차에서 잠시 눈을 감고 있었다. 부르르 부르르 체머리를 떠는 휴대폰을 바라보니 엄마다. 혈압과 당뇨로 식이조절과 운동에 열심이신 엄마가 이 계절이면 절대 거르지 않으시는 것이 있는데, 바로 붕어빵이다.

해마다 겨울이 오면 엄마가 먼저 붕어빵 핫플을 훑으며 배달을 해주신다. 그러면서 늘 "내가 아직 살아 있어서"라고 덧붙이신다. 우리 엄마는 늘 이야기했다.

"난 예순다섯 전에 죽을 거야."

이게 딸한테 할 소린가. 어느 스님이 우리 엄마의 수명은 예순다섯까지라고 했다는데, 나는 그 이야기를 들은 지 25년쯤 되었다. 그러니까 지금 내 나이 즈음부터 우리 엄마는 내 귀에 딱지가 앉도록 본인의 운명을 이야기했다. 어느 날인가는 서류를 들고 오시더니 나와 동생에게 내미셨다.

"그냥 땅에 묻혀 썩는 것보다 세상에 이로운 일을 하는 게 좋을 거라 생각해. 요즘 큰스님이나 신부님, 목사님들도 다 하신다더라."

엄마가 내민 종이는 시신기증동의서였다. 지금의 기준으로 보면 그건 명백한 청소년 학대가 아닌가 싶다. 아무리 아이들이 부모의 선한 영향력을 받아 사회적 의미를 배운다지만 이건 아니지 않나? 게다가 시대적 배경으로 봐도 그건 너무 무리수였다. 건강한 정신의 소유자였던 동생은 "어떻게 이런 걸 우리한테 줘!"라며 바락바락 소리를 지르고 뛰쳐나갔다. 아빠는 기가 차서 소주를 드셨다. 이런, 나는 타이밍을 놓쳤네.

내가 출산하자 엄마는 "죽기 전에 내 손주를 잘 키워야 한다"며 정성을 다하셨다. '살날이 정해진' 외할머니로서 전투적인 자세로 좋은 할머니 되기에 몰입하시더니 나보다 더 엄마 같은 할머니가 되려 하셔서 마찰을 빚기도 했다. 어른의 관심, 할머니의 품은 감사하지만, 나처럼 엄마 껍데기를 온전히 벗지 못하는 아이로 키우고 싶지 않았다. 다행히 아빠를 닮은 아이는 공감보다는 분석에 강했고, 할머니의 온갖 정성에도 시크하게 반응하는 베이비였다.

그래도 시간을 이기는 건 없다. 외할머니와 보내는 시간은 아이에게 스며들어 아이는 눈이 오면 친정엄마 손을 잡고 매번 "부어빵! 부어빵!"을 사러 가자고 했다. "엄마는 아냐 아냐"라며 꼭 친정엄마 손을 잡고 나서는 아이는 나이답지 않게 슈크림보다 팥소가 들어간 붕어빵을 좋아했다. 그 당시 친정 동네에는 인심 좋은 어머님이 붕어빵집 사장님이셨는데 천 원에 5개를 담아주셨다. 천 원 한 장이면 팥팥팥슈슈를 담아 올 수 있었던 그 시절, 매번 엄마는 "내가 살아 있어서", "내가 살아 있을 때"를 반복하셨고 나는 그런 엄마의 말을 눈으로 들으며 붕어빵을 씹었다.

고개를 들어 하늘을 보니, 11월을 머금어 흐릿하다. 내가 엄마에게 예순다섯이 무사히 지나갔음을 이야기하던 날도 이런 날이었다.

"엄마, 이제 예순여섯인데?"

"그러게, 살아 있다, 야."

"엄마, 내 곁에 살아 있어 줘서 고마워. 내년에도 있을 것 같아?"

"그러게, 지금 봐서는 죽을 것 같지는 않다, 야."

멈춰 선 자리 곁 도심의 카페에서도 팥붕이와 슈붕이를 팔고 있다.

'너희들은 냉동실 출신이지? 나의 사랑하는 엄마는, 전통 시장에서 갓 구워진 큼직한 팥붕이와 슈붕이를 낚아서, 눅눅해질세라 쏜살같이 오고 계신다고.'

예순다섯을 넘긴 엄마는 그 후 공부를 하시더니 요양보호사로 일하기 시작하셨다. 그 오랜 기간 전업주부로 아빠 눈치 보인다며 전전긍긍하시더니 죽음의 경계를 넘어선 엄마는 강했다. '그 나이에 무얼'이라는 편견을 넘어 끝내 취업이란 걸 해내시고야 만 것이다.

더 일찍 시작하셨으면 어땠을까. 그 말을 안 하고 살았으면 어땠을까. 그런 가정은 무의미하다. 나는 엄마 곁에서 살았지만 내가 차마 다 알 수 없었던 그 내면의 폭풍을 겪어내며 엄마는 나름의 준비를 하신 걸 거다. 정말 언제가 마지막일지 모를 삶에 대한 불안감, 본인 없이 저 어린것들이 어찌 살 것인가에 대한 두려움, 몇십 년 뒤라 해도 면전에 다가와 있는 듯한 마지막에 대한 공포를 이겨 내기 위한 것이었나 싶다. 그렇게밖에 말할 수밖에 없었던 엄마의 마음을 '너와 잘 살고 싶다'는 마음으로 들을 수 있는 귀가 나와 함께 자라난 거겠지.

엄마와 내가 함께 보낼 시간이 얼마나 남았는지는 중요하지 않다. 이 겨울에도 허락하는 날마다, 따끈한 팥붕이 슈붕이를 엄마와 마주 보고 정말 맛있게 먹을 거니까.

우울해서 빵을 구웠어

송민경(미소빵)

6시 기상, 8시 취침.

비행으로 삶이 가장 불규칙했던 시절, 아이러니하게도 나는 가장 규칙적인 생활을 했다. 비행이 없는 날이면 아침 6시에 일어나 운동을 하러 갔고, 저녁 8시면 잠자리에 들었다. 그런 나의 '바른생활'에는 말 못 할 이유가 있었다. 하루 중 오후 5시가 나에게 가장 힘들었던 시간이었는데, 해가 질 무렵 세상의 명도가 짙어지면 내 마음도 덩달아 어두워졌다. 원래도 생각이 많고 불안이 높았던 나였다. 간절히 원하던 일을 하게 되었지만, 모래바람 부는 낯선 땅에서 나는 마치 사막 한가운데 혼자 서 있는 것 같았다. 우울이었다. 낮 동안은 뭐라도 하며 어찌어찌 하루를 꾸려 갔지만, 오후 5시부터 마구 뛰는 심장과 이유 없이 터져 나오는 눈물은 속수무책이었다. 모든 걸 방 안에서 혼자 삼켜야 하는 밤이 싫고 무서웠다. 도망치고 싶어서 일찍 잠자리에 들었다. 불도 다 끄지 못하고.

일찍 잠이 들 수 있으면 그나마 다행이었다. 잠이 쉬이 오지 않는 밤도 있었다. 그런 밤은 그야말로 곤혹이다. 억지로 자려할수록 잠은 더 멀어졌고, 뜬눈으로 그 시간들을 견뎌야 했다. 그럴 땐 차라리 몸은 힘들어도 밤 비행, 새벽 비행이 있었으면 좋겠다고 생각했다.

잠을 못 이루던 어느 날 밤이었다. 눈을 감았다 떴다, 누웠다일어났다를 반복했다. 이불을 박차고 일어나 방문을 빼꼼히 열었다. 조용한 집 안을 살핀다. 룸메이트들은 방에 있는지, 비행을 갔는지 인기척이 없다. 거실로 나가 무심코 냉장고 문을 열었다 그냥 닫는다. 컵을 하나 꺼내 물을 천천히 따르고 한 모금 마셨다. 누군가 한 명은 방문을 열고 나오지 않을까 싶었지만 집 안은 정적만이 가득했다. 다들 비행 중인가 보다.

두바이 중심을 지나는 셰이크 자예드 로드에 위치한 UP타워. 합격 통지를 받고, 두바이 국제공항에 도착하자마자 오게 된 곳이 바로 여기다. 이 집엔 이미 비행한 지 오래된 케냐 언니와 필리핀 언니가 살고 있었고, 나는 베드룸 B에 배정 받았다. 3명이 함께 살긴 했지만 각 방에 화장실이 딸려 있었고 스케줄이 다 다르다 보니, 서로 마주칠 일이 많지 않았다. 작은 규모지만 헬스장과 야외 수영장도 딸려 있는 이 아파트는 회사에서 제공하는 숙소 치고는 꽤 호화로운 곳이었다. 슬리퍼를 신어도 느껴지는 타일 바닥의 한기와 습하고 더운 날씨 때문에 24시간 돌아가는 에어컨, 여기가 두바이 우리 집이었다.

어슬렁어슬렁 거실로 향한다. 통창으로 바깥을 내다보니 셔틀처럼 운행되는 회사 버스가 도착해서 캐리어를 싣고 있다. 누군가는 잠이 들었을 이 시간, 누군가는 또 일을 하러 나간다. 난 내일까지 오픈인데, 차라리 일하러 나가고 싶다. 옅은 한숨을 쉬며 다시 부엌으로 발길을 돌린다. 그때, 늘 그 자리에 있던 오븐이 유독 눈에 들어온다.

'그래, 베이킹! 나 베이킹을 좋아했었지.'

승무원 면접을 준비하며 혹시 이 길이 내 길이 아닐까 봐 제과제빵 자격증을 준비했었다. 오븐에서 잘 구워진 빵을 꺼내면서 가슴 벅찼던 그 순간들이 스쳐 지나간다. 오늘처럼 잠 못 이루는 밤에 어쩔 수 없이 무언가를 해야 한다면? 나는 빵을 만들고 싶다. 방에서 메모지를 가지고 나와 식탁에 앉았다. 베이킹에 필요한 도구와 재료를 적어 내려갔다. 마음 깊숙이 가라앉아 있던 뭔가가 두둥실 떠오르는 것 같았다. 내일은 쇼핑을 하러 가야겠다.

살 게 아주 많다. 오랜만에 설레는 밤이었다.

어스름이 시작되는 오후 5시, 이유 없이 무서웠던 밤. 잠으로 든, 깨어서든 오롯이 견뎌야 했던 시간들. 그때 나를 구해준 것이 빵이었다. 변수가 많은 발효빵은 자신이 없었고, 비교적 만들기 쉽고, 재료와 도구가 간단한 쿠키와 스콘이 제격이었다. 몇 번 그럴싸하게 만들어지자, 머핀과 케이크 틀을 차례로 더 구입했다. 재료를 정확히 계량하고, 정성스럽게 반죽을 만들고, 오븐 앞에 서서 빵이 구워지길 기다렸다. 그때의 난 불안하거나 무섭지 않았다. 대신, 예쁘게 구워져 나올 빵을 생각하며 기다림으로 꽉 채워지는 시간이었다. 집 안에 퍼지는 오븐의 온기와 구석구석 배어드는 빵 냄새에 바깥이 밤이라는 것도 잠시 잊을 수 있었나 보다. 그때부터 종종 빵을 구웠다.

크리스마스와 연말은 일 년 중 가장 바쁜 시즌이다. 다들 들떠 있던 연말연시, 나는 비행과 비행 사이 틈이 나거나 룸메이트들도 모두 집에 없는 날이면, 방문을 열고 부엌으로 향했다. 집에 있는 재료를 주섬주섬 꺼내 '오늘은 뭘 만들어볼까? 오트밀이 있으니 쿠키를 만들어 볼까? 잘 익은 바나나로는 바나나 브레드를 만들면 딱이겠다' 하며 나만의 빵공장을 돌렸다.

첫 번째는 오트밀 쿠키다. 오븐을 예열하고, 재료를 정확하게 계량한다. 버터를 부드럽게 풀고 설탕을 섞는다. 계란도 조금씩 나누어 넣으며 잘 저어준다. 매끄럽게 고루 섞인 재료들을 보니 불안으로 딱딱했던 내 마음도 한결 풀어지는 것 같다. 체에 친 가루들을 가볍게 섞은 뒤, 오트밀과 초코칩을 넣으면 쿠키 도우가 금방 완성된다. 내 마음도 모양을 갖추어 간다. 아이스크림 스푼으로 한 스쿱씩 떠서 오븐팬에 올린다. 이제 굽기만 하면 건강하고 달달한 오트밀 쿠키 완성이다.

다음은 내가 좋아하는 바나나 브레드를 만들 차례다. 거뭇해지기 시작한 바나나 껍질을 벗기고 과육을 포크로 마구 눌러 으깬다. 스트레스가 풀린다. 새콤한 레몬즙을 더하면, 달콤 새콤한 향에 기분도 좋아진다. 녹인 버터에 설탕과 계란을 잘 섞은 뒤, 으깬 바나나를 넣는다. 가루들과 호두를 차례로 넣어 섞으면, 내가 좋아하는 시나몬 향이 은은한 달콤한 반죽이다. 두 배로 계량해서 하나는 파운드케이크 틀에, 하나는 케이크처럼 동그랗게도 굽는다. 곧 크리스마스이니까 크림치즈 아이싱을 흘러내릴 정도로 듬뿍 올리고 피스타치오와 말린 살구로 크리스마스 리스를 만들어 준다.

빵 냄새로 가득 찬 집은 평소와 다르다. 차가운 공기만 가득했던 부엌과 거실은 오븐의 온기로 가득 찼다. 숙소이기만 했던 이곳이 진짜 '집'이 된 것 같은 순간이었다. 룸메이트들을 위해 쿠키와 바나나 브레드를 식탁에 남겨 놓았다. 다정한 쪽지도 함께.

그들이 비행에서 돌아왔을 때도 따뜻하고 포근한 집이었으면 좋겠다. 내일 일하러 갈 때 가져갈 내 것도 따로 담아 두었다. 설거지를 하고 뒷정리까지 마친 나는, 그제야 편안하게 침대에 눕는다. 여전히 마지막 조명은 끄지 못했지만, 오늘 밤은 잠이 잘 올 것 같다.

"우울해서 빵을 샀어."

얼마 전 유행했던 이 문장은 누군가에게는 T와 F를 구별하는 장난 같은 말일 것이다. 나는 그 말 그대로 우울해서 빵을 사기도 했고, 우울해서 빵을 구웠다. 빵은 나뿐만 아니라 많은 사람들에게 소소한 행복을 주고 위안이 되기도 한다. 먹기 아까울 정도로 예쁜 비주얼로, 그리고 극강의 달콤함과 고소한 한입으로. 나는 한국인이지만 나의 위로와 기쁨은 늘 빵에서 시작되고 끝난다. 기쁠 때나 축하할 일이 있으면 케이크부터 사고 싶고, 화가 나면 좋아하는 빵을 입안 가득 넣으며 나를 진정시킨다. 하지만 빵이 가장 절실할 때는 바로, 우울할 때다. 부드러운 빵 냄새, 따뜻한 온도, 그리고 반죽을 만지던 손끝의 감촉까지. 빵은 나의 모든 감각을 감싸 주었고, 또 깨워 주었다.

나는 빵을 굽는 동안 나 자신도 함께 구워 냈는지도 모르겠다. 따뜻하고 정성스럽게.

한 번 더 그 집 소금빵

신미경(잼빵)

2022년 11월, 갑상선암 판정을 받았다. 그리고 2023년 2월, 세브란스 암병원 수술실에 들어갔다. 대체로 씩씩했지만 수술실 침대에 실려 가던 느낌은 아지도 또렷하다. 초기이고 전이도 없는 간단한 반절제 수술이었지만 전신마취는 전신마취다. 못 깨어날 수도 있다. 죽. 을. 수. 도 있다는 생각을 완전히 지울 수는 없었다.

금식해야 했지만 배는 고프지 않았다. 아무리 생각해 봐도 먹고 싶은 것은 없었다. 다만, 그 순간 식욕 대신 떠오르는 것은 있었다. 자주 가던 그 빵집에서의 소소한 장면들. 솜사탕처럼 사르르 뭉쳐 있는 아이들의 미소, 고소한 빵과 신선한 커피 향, 잔잔

한 음악에 섞여 흐르던 남편과의 대화, 우리 가족이 정말 행복했던 시간들….

처음 암이라는 말을 들었을 때, 순간 몸이 얼어붙었다. 손에 들고 있던 물건이 힘이 빠져 툭 떨어졌는데, 그게 휴대폰이었다. 정신을 겨우 추스르고 회사에 전화를 걸어 오후 방송을 못 할 것 같다고 말씀드리는 순간, 먹먹한 울음이 터져 나왔다. 걱정 말고 빨리 검사 받고 수술일 잡으라는 답을 들었지만, 그날 당장 생방송을 빼야 하는 상황 자체가 가시처럼 마음에 걸렸다. 암이라는데도 방송 걱정을 하고 있는 내가 낯설었고, 이런 부탁을 해야 하는 상황도 불편했다. 갑작스런 건강 문제로 누군가에게 부담을 주는 스스로가 못마땅했다. 일 그까짓 게 뭐라고, 그 순간에도 나는 '책임'을 먼저 떠올리고 있었다.

꺼억꺼억 소리 내어 울었다.

'왜 나일까. 어떻게 여기까지 온 걸까. 어디서부터 무엇이 잘못된 걸까.'

생각하면 할수록 깊은 바닷속으로 가라앉는 기분이었다. 답도 없는 답을 찾으며 허우적거렸다. 별거 아니라는 말, 흔하다는 말, 괜찮을 거라는 말, 힘내라는 말… 그 어떤 말에도 사실 괜찮지 않았다. 힘도 나지 않았다. 어둡고 차가운 바닥에 가라앉아 있던 나를 끌어올린 건, 유방암을 먼저 겪은 친구의 한마디였다.

"그냥 사고야."

내 잘못이 아니라는 말, 내가 잘못 살아서 그런 게 아니라는 말, 어떻게 해도 막을 수 없었다는 그 말들이 그렇게 큰 위로가 되었다. '사고'라고 받아들이고 나니 마음이 한결 가벼워졌다.

한 번씩 근심의 파도가 밀려와도, 이제는 유유히 둥둥 떠올라 안전한 뭍까지 헤엄쳐 나올 수 있게 되었다. 어두운 물살에 빠져들던 내 시간들을 건져 햇볕에 말렸다. 그리고 매일 아침, 내일 죽는다면 오늘을 어떻게 살고 싶은지 차분히 생각했다.

'돈, 교육, 권력, 인기.'

모든 야망이 단 한 문장으로 모아졌다.

'하루하루 무탈하게.'

수술 후 긴 회복기를 보냈다. 연차를 다 쓰고, 병가를 내고, 첫째 때 쓰지 않았던 육아휴직의 막차(초3 생일을 앞둔 시기였다)까지 탔다.

'언제 또 이렇게 놀 수 있겠어? 어쩌면 이건 하늘이 준 기회일지도 몰라.'

겨드랑이의 로봇수술 통증과 목소리 회복은 더뎠지만, 당장 죽을 것 같지는 않았기에 당장 죽을 것처럼 놀았다. 매일매일 여행하듯, 사랑하는 아이들과 시간을 보냈다.

물 좋고 공기 좋은 강원도 홍천에 농막을 짓고 농사를 지었다.

체크인·체크아웃 시간 제한 없이 맘껏 드나들 수 있는 내 땅이 있다는 게 그렇게 좋을 수가 없었다. 서울 – 양양 고속도로는 차가 많이 막히지만, 안 막히는 시간대를 골라 출발하면 문제 될 것이 없었다. 그래서 보통 눈곱도 떼기 전, 이른 새벽에 출발할 때가 많았다.

홍천 IC를 나와 주말농장으로 가는 길에는 외관부터 맛있게 '잘 구워진' 빵집이 하나 있었다. 새벽부터 부지런히 빵을 굽는 사장님이 반겨 주는 곳이다. 빵도 맛있고, 커피도 맛있고, 아이들이 뛰어놀 수 있는 작은 마당도 있고, 함께 뛰어 주는 개도 있었다. 홍천 집만큼이나 우리는 그 홍천 빵집을 사랑했다.

서울로 돌아가는 길에도 들러 카페인을 채우고, 빵을 포장해 오곤 했다. 부드럽고 짭짤한 소금빵도 맛있고, 버터와 팥앙금의 고급스러운 조합을 보여주는 앙버터 프레첼도 애정했다. 근사하게 구워진 바나나 브레드는 지인들에게 선물하기 좋아서 종종 사 가곤 했다.

그런데 어느 날부터인지 그 빵집의 문이 굳게 닫혀 있었다. 일에 대한 진심과 자부심이 느껴지는 분들이라 문을 닫을 거라고는 전혀 예상하지 못했다. 헛걸음치고 돌아서야 했지만, 배고픔보다 걱정이 먼저 들었다.

아니나 다를까, 강원도 친구에게서 전해 들은 소문은 사모님의 갑작스러운 병환으로 당분간 문을 열 수 없게 되었다는 것이다. 매일 오전 7시부터 따뜻한 음악과 책을 나눠 주시고, 커피도 무료로 리필해 주시던 그 정이 그리웠다. 손님들의 아침을 풍성하게 채우기 위해 얼마나 이른 새벽부터 반죽을 하고, 오븐을 돌리셨을까. 갓 구운 빵 냄새와 함께 진열된 사장님의 부지런함은 보기만 해도 에너지가 차오르는 '굿모닝 공간'이었다. 언제 가도 두 개의 환한 지붕이 반겨 주고, 화장실까지 예뻤던 그 집.

사모님의 사고도 부디 아주 작은 사고이기를, 따뜻한 봄이 오면 우리들의 소금빵을 다시 맛볼 수 있기를, 사장님의 정직하고 성실한 향이 배어 있는 빵과 커피를 나눌 수 있기를….

그 담백한 바람을 오늘도 소중히 구워 띄워 본다.

나의 소중한 친구에게

황선영(책빵)

나는 인간관계의 폭이 넓지는 않다. 그럼에도 불구하고 연락하는 사람이 제법(?) 있는 이유는 인생을 사는 마디마디 돈독해진 사람들이 있기 때문이다. 대학 친구, 성당 친구, 회사 동기, 첫째 어린이집 엄마, 글쓰기 문우…. 돈독해진 사람들은 내가 어렵거나 고민이 있을 때 든든한 지원군이 되어 준다. 그렇지만 놓쳐 버린 인연으로 아쉬움이 크게 남은 경우도 있다.

놓쳐 버린 인연은 중학교 절친이다.

이 친구는 책을 참 좋아해서 덩달아 옆에 있던 나도 책을 가까이하게 되었다. 덕분에 3학년 때는 다독자 상도 받게 되었는데, 결론적으로는 내가 사서가 되는 데 가장 큰 영향을 준 친구다. 학교 운동장에 앉아 "서른 살이 되면 오피스텔에 살면서, 자가용도 하나 마련하고 멋진 싱글 라이프를 살자"고 말하며 기대에 부풀었었다. H.O.T랑 젝키도 좋아했지만 우린 이승환을 더 좋아하고, 만화『인어공주를 위하여』를 읽고 아들을 낳으면 이름은 서로 '푸르매'로 짓는다며 난리법석이었다. 가톨릭 학교를 다니다 보니 그 친구와 성당의 예비자 교리도 같이 듣고 세례도, 첫 영성체도 같이 받았다. 예비자 교리가 끝나거나 집에만 있기 심심한 날에는 주말에도 역 앞에서 만나 수다를 떨었다.

돈 없는 학생이 갈 수 있는 곳은 한정적이었다. 어떤 날은 큰 맘 먹고, 롯데리아에 들어가 새우버거 하나를 종일 먹으면서 폭풍 수다를 떨기도 했다. 맥도날드가 생기고 난 후에는 롯데리아를 배신하고 맥도날드에 가서 치즈버거와 밀크셰이크를 먹곤 했다. 셰이크를 먹고 나면 너무 추워 몸이 덜덜 떨릴 때도 있었지만, 동네 슈퍼에서 먹을 수 있는 맛이 아니어서 끝까지 먹었다. 그렇게 우린 일주일 내내 붙어 다녔다.

그런 친구와의 거리가 멀어진 건 서로 다른 고등학교에 가게 되면서였다. 고등학생일 때는 학업이라는 이유로 3년 내내 각자의 학교에서 살다시피 했다. 대중교통으로 서로의 학교를 왕래하기에는 꽤나 멀었고 휴대폰도 없었기 때문에 우리 사이는 점차 멀어질 수밖에 없었다.

하지만 멀어도 친구는 친구였을까? 대학교 입학 후 뜸했던 연락을 다시 주고받고, 서로에게 미팅도 주선하며 다시 사이가 가까워졌다. 그러나 나는 학교가 서울이었고 친구는 인천이라 다니는 방향이 달랐고, 그때 나는 대학교에서 만난 친구들이랑 정말 즐거운 대학 생활을 보내고 있었기에 우리는 진짜 가끔 연락하는 사이가 되었다. 드문드문 연락해도 서로에 대한 우정은 진심이었다.

내가 결혼을 한다고 하니 친구는 "원래 신혼여행 가서 입는 첫날밤 속옷은 친구가 사주는 거"라면서 나를 속옷 가게에 데려 갔다. 그리고 친구는 나의 뜨밤을 위해 통 큰 지출을 했다. 그것뿐이었을까? 글을 쓰다가 친구와의 추억을 떠올리니 우리가 맨날 만나고 헤어졌던 사거리, 둘이서 드나들던 만화방(세입자가 만화방 하다 잘되니, 건물주가 인수해서 우리가 맨날 못됐다고 흉도 보았다. 물론 건물주가 인수한 만화방도 우리의 단골 가게가 되었다.), 수학여행의 추억, 단골 액세서리 가게 등 추억이 한가득하다.

그러다가 진짜로 연락이 끊기게 된 결정적 사건이 생겼다.

첫째 아이가 돌 즈음 입원해 정신없던 때, 휴대폰을 떨어뜨려서 고장이 난 것이었다. 경황이 없을 때라 휴대폰에 있는 전화번호도 사진도 백업을 하지 못했고, '친구가 연락하겠지'라는 생각으로 그냥 시간을 흘려보냈다(그때는 클라우드나 전화번호 백업을 지금처럼 열심히 하지도 않았다. 사실 지금도 구글 드라이브와 MS 계정이 얼마만큼 다르고 어느 정도 저장이 되어 있는지 잘 모른다).

친구는 가끔 개인적인 사정으로 잠수를 타거나 휴대폰을 정지했다가 풀곤 했는데 바뀐 번호도 내가 외우지 못하고, 카톡으로 연동된 친구 목록에도 그 친구는 없었다. 불행하게도 내가 연락하는 중학교 동창이 그 친구 외에는 없어서 같이 연락처를 공유하는 친구도 없었다.

가장 맘이 아팠던 건, 내가 결혼 후에 신혼집에 친구를 초대한 게 현실인지 환상인지 구분이 안 된다는 점이다. 현실이면 다행인데, 혹시나 환상이라면 나는 너무 못돼먹은 친구임에 틀림없다. 서로 같이 아는 친구가 없다는 이유와 나만 축하 받는 일이 연달아 있으니 미안한 마음에 첫아이 돌잔치에는 초대를 안 했다. 내 딴에는 배려라고 한 게 혹시 친구에게는 서운함만 준 게 아닐지 걱정이 된다. 평범한 일상 속에서 따뜻한 안부라도 전했다면 내가 연락을 안 했어도 친구가 먼저 했을 텐데 별다른 소식이 없는 걸 보면 아마 사소한 오해가 깊어진 게 아닌가 싶다. 나에게 소중한 시간들이 친구에게는 부담으로 다가오지는 않을까 생각하고, 혼자 결론을 내어 버린 것이 잘못된 선택이었다. 신중히 생각하여 사방팔방으로 노력했다면 끝내 연락이 닿지 않았을까?

친구의 부모님은 건강히 잘 지내고 계시는지, 그사이에 친구도 좋은 배필을 만나서 잘 지내고 있는지 궁금하다. 혹시나 슬프고 힘든 일을 내가 없는 사이에 겪지는 않았을까? 소중했던 친구의 대소사에 '내'가 어느 순간 사라진 게 슬프기만 하다. 내가 조금 더 살가운 성격이었다면, 놓지 않았다면, 적어도 말을 해보려 노력했다면 얼마나 좋았을까?

나이 서른이 넘어 오피스텔과 자동차를 풀소유하며 산다는 건 드라마 속에서만 가능하다는 것을 어른이 되어 알게 되었지만, 그래도 지금은 답답하면 낡은 자동차라도 내가 직접 운전해서 바닷가 정도는 갈 수 있는데…. 지금은 롯데리아, 맥도날드도 아닌 쉑쉑버거나 핫하다는 파이브가이즈도 갈 수 있는데 친구만 덩그러니 사라졌다. 이 글이 유명해져서 그 친구에게 연락이 닿았으면 좋겠다.

죽음 앞에 한입, 딸기 타르트

정상원(소원빵)

어느 날, 외계인이 갑자기 지구를 침공했다. 그들은 인간의 상상력으로는 도무지 그릴 수 없는 형체였다. 빛과 그림자가 뒤엉킨 채 끊임없이 요동치는 존재, 말 한마디 없었지만 그 침묵만으로도 메시지가 또렷하게 전해졌다. 전 인류는 절멸의 문턱에 내몰렸고, 지구 멸망까지 남은 시간은 단 24시간. 이 행성을 무너뜨리기 전에, 외계인은 마지막이라고 할 만한 관용을 지구인에게 베푼다.

"너희가 정말 좋아하는 디저트 하나와 음료 하나를 선물로 주겠다. 마음속으로 이름만 떠올리면, 곧바로 눈앞에 나타날 것이다. 이제 너희가 할 수 있는 마지막 선택은, 스스로 고른 그 음식들을 맛보며 조용히 죽음을 기다리는 일뿐이다."

지난 시간이 주마등처럼 스쳐 갔다. 이해하기 어려운 선고에 몸은 얼어붙었지만, 정신은 이 사실을 받아들이기 위해 필사적으로 움직이고 있었던 걸까. 마음은 시끄러웠지만 주변은 믿기지 않을 만큼 고요했다. 두려움은 결국 우리 안에서만 일어나고 있었다. 그 공포를 버틸 수 있는 유일한 방법은, 그들이 건넨 알량한 위로에 몸을 기대는 것뿐이었다. 문득 '죽음이라는 것은 이렇게 예고도 없이 찾아오는 것이었구나' 서글픈 마음이 든다.

"딸기 타르트, 따듯한 아메리카노."

나지막이 속으로 읊조린다.

집 앞 카페의 디저트 냉장고에는 계절이 바뀔 때마다 제철 과일로 만든 타르트가 새로 채워진다. 나는 겨울이 오는 것이 싫다. 얼음처럼 차가운 바람, 숨이 하얗게 얼어붙는 아침, 끝도 없이 짧아지는 낮… 하지만 그 계절에 단 하나 기대하는 것이 있다면, 바로 겨울 제철 딸기로 만든 그 카페의 딸기 타르트다.

버터가 듬뿍 스민 바삭한 타르트지 위에, 서로 다른 질감의 필링이 여러 겹으로 차곡차곡 쌓여 있다. 그 위를 덮은 크림은 느끼함 없이 은근한 단맛을 품고 있다. 마지막에 올려진 딸기들 위에는 마치 눈이 소복이 온 것처럼 슈거 파우더가 감싼다.

추워서 장갑 없이 걷는 것조차 힘든 얼음장 같은 날씨에도, 그 카페 진열대에 딸기 타르트가 전시되는 날이면 결국에는 들러서 한 조각 사 들고 칼바람에 내어놓은 한쪽 손이 시리다 못해 아파 오더라도 상자를 꼬옥 쥐고 오들오들 떨며 몸을 움츠리고 집으로 향하게 되는 것이다.

타르트 가격은 한 조각에 7,500원. 두 조각을 사면 15,000원. 세 조각을 사면…. 야속하게 비싸져 버린 물가를 탓하며, 매번 한 조각만 겨우 사서 집에 와 가장 예쁜 접시 위에 올려놓는다. 그러면 우리 가족들은 식탁으로 포크를 들고 나와서, 오순도순 도란도란 그 작은 조각을 사이좋게 나누어 먹곤 했다. 나는 천천히 커피를 한 잔 내려서, 한 모금 마시면서 조용히 그 포크질에 동참한다. 부족한 양에 가족들은 빈 접시를 보며 입맛을 쩝쩝 다시게 되지만, 그 모자람이 있기에 이 혹한의 계절에도, 양보하는 한입에 따뜻함을 더 느낄 수가 있었다. 빈 접시를 뒤로하고 돌아서는 발걸음이 아쉽지만, 다음을 기약하자며 서로 등을 토닥여 주기도 했다.

어느새 눈앞에는 커피 한 잔과 딸기 타르트 한 조각이 놓여 있었다. 쓰디쓴 커피를 한 모금 마신다. 눈을 감고 씁쓸한 그 맛을 입안에서 오랫동안 천천히 음미하며, 차분하게 스스로를 가라앉히려 애써 본다. 마침내 눈을 뜨고 죽음 앞에 와서야 온전하게 한 조각을 다 먹을 수 있게 된 딸기 타르트에 포크를 살포

시 가져다 댄다. 딸기를 살짝 비켜 크림을 부드럽게 가르고 내려가 단단한 타르트지에 닿으면 조금 힘을 주어 부서뜨린다. '바삭' 소리가 나며 작은 부스러기가 푸스스 하고 접시 가장자리로 흩어진다. 살살 포크로 떠내듯이 한 조각 들어 올려 천천히 입에 넣어 보니, 그 부드럽고 달고 상큼한 맛이 혀 위에서 사르르 번져 간다.

그 순간, 모두가 같이 나누어 먹던 행복한 추억이 떠오른다. 격한 그리움이 물밀듯이 밀려 들어온다. 눈물이 한 방울 떨어진다. 걷잡을 수 없이 커다래진 슬픔이 흘러내린다. 포크를 내려놓고, 두 손을 얼굴에 포개어 멈출 수 없는 눈물을 닦아낸다.

달콤한 죽음을 닮은 한입, 또 한입을 넘기며 끝내 접시를 비워냈을 때, 마침내 예고된 시간이 찾아왔다. 그리고 눈앞에서 내삶의 모든 장면이 서서히 무너져 내리기 시작했다.

아이와 나란히 걷던, 눈으로 하얗게 덮인 집 앞 산책로, 아이들이 놀 때 조용히 기대어 앉아 바라보던 그 벤치, 따뜻한 저녁을 지어 먹던 부엌, 가족들이 모두 옹기종기 모여 영화를 보던 거실, 젊은 시절 남편과 뜨겁게 사랑의 언어를 속삭였던 그 골목길까지….

벼락처럼 내려진 멸망의 선고와 함께, 마지막 지구가 주홍빛으로 찬란하게 부서져 간다. 그 빛을 끝으로 내 몸도 서서히 산산이 흩어진다. 나는 돌아간다. 내가 처음 왔던 곳으로. 어쩌면 우주의 깊은 품속으로.

안녕, 내 사랑들.

안녕, 천국에서 만나.

맘모스 보약을 처방합니다

정미진(아침빵)

하이에나처럼 어슬렁거리며 주변을 탐색한다. 고개를 재빠르게 휙휙 돌려 보지만 먹잇감은 보이지 않는다. 빈틈을 노렸다가 공격을 시도해 본다. 이미 놓친 고기라는 걸 깨닫는 순간 아쉬움의 탄식이 절로 나온다.

요즘 도서관 열람실에서 빈자리 찾기란 하늘의 별을 따는 것보다도 어렵다. 기말고사 기간이라 삼삼오오 모여 공부를 하는 여고생들을 보며 그 특유의 풋풋함에 잠시 미소를 짓는다. 입에 과자를 넣고 오물오물 먹는 학생, 몇 번을 돌려야 얼음이 녹는지 음료 컵의 빨대를 빙빙 돌리며 과학실험 중인 학생, 완벽한 머리 모양이 완벽한 공부 방법인 양 긴 머리를 묶고 풀기를 반복하는 학생 등 학업의 스트레스를 이겨 내려고 나름의 갖은 애를 쓰고 있다. 엉덩이 붙일 곳을 끈질기게 물색하던 하이에나는 기꺼이 빈자리 찾기를 포기하고 고군분투하고 있는 어린 그녀들을 속으로 응원했다.

여고생 시절, 나는 엄마 아빠를 떠나 자취를 해야만 했다. 열일곱 살 여자아이가 어떻게 자취를 할 수 있을까? 지금 생각하면 참 용감했다는 생각이 든다. 그때는 당연한 일이었기에 좋지도 싫지도 않았고 이미 그 길을 걸어 나간 언니들이 있었기에 두려운 마음도 없었다. 내가 1학년일 때 3학년인 언니와, 내가 2학년일 때는 친구와, 내가 3학년일 때는 1학년인 동생과 함께 사는 것이 3년간의 자취 계획이었다.

고등학교에 입학하기 하루 전날, 자취방으로 떠나야 하는데 엄마랑 떨어지기 싫어서 발걸음이 무거웠다. 그래도 해야만 하는 일이라 시내로 나가는 마지막 버스에 몸을 실으며 체념하듯 울었던 기억이 난다. 막상 자취를 하려니 조금은 겁이 났던 것 같다. 여고생이 엄마를 떠나 제 손으로 밥을 해 먹고 사는 일이 뭐 그리 즐겁겠는가.

자취방에 도착해 엄마가 싸준 반찬들을 정리하는데 빵 봉지가 눈에 띄었다. 그건 바로 내 생일에나 먹을 수 있었던 맘모스 빵이었다. 이렇게 커다란 맘모스 빵을 싸준 걸 보면 내가 밥을 잘 해 먹을 수 있을지 엄마도 걱정이 되었나 보다. 딸을 자취시켜야만 하는 엄마의 아픈 마음이 느껴져 내 마음도 미어졌다. 그렇게 주중에는 자취방에서 학교를 다니고 토요일에는 집에 가서 엄마가 해준 밥을 먹으며, 일주일 동안 굶주린 엄마의 사랑을 가득 채웠다. 일요일에 막차를 타고 자취방으로 올 때는 또다시 눈물을 흘렸다.

여고 1학년은 야간자율학습이 없기 때문에 시간이 많았다. 하교 후에 친구들의 자취방을 오가며 음식을 만들어 먹고 공부도 하면서, 같은 처지끼리 의지하며 외로움을 달랬다. 서로 학습상담, 진로상담, 가끔은 연애상담도 해주며 우정을 돈독히 채우던 시간들이었다. 지나온 세월이 있어서인지 아득히 멀게만 느껴지는 기억이다.

선명하게 떠오르는 추억도 있다. 언니와도 같이 살고 친구들과도 둥글게 지내고 있었지만 문득문득 찾아오는 그리움이 나를 힘들게 할 때가 있었다. 엄마가 보고 싶었다. 아침에 일어나서도, 학교에 있다가도, 집에 와서도, 무작정 엄마 품에 안기고 싶은 순간들이 많았다. 담임 선생님은 우리를 "큰 애기들"이라고 불렀다. 그러나 나는 큰 애기에서 '큰'을 뺀 그냥 '애기'였다. 엄마의 밥이 필요하고, 엄마의 사랑이 필요하고, 엄마의 다정한 손길이 필요한 아기였다. 유독 엄마의 품이 그리운 날은 밥도 먹지 않고 엄마앓이를 하면서 하루를 보냈던 것 같다. 그런 날은 힘도 없어 하교 후 좁다란 자취방에 누워서 울기만 했다. 마치 엄마가 지구 반대편에 있는 것처럼 아득했다.

어느 날, 나의 마음이 지구의 핵 어딘가를 헤매고 있을 때 '똑똑' 하고 현관문 두드리는 소리가 났다. 자취 동지들이었다. 친구들은 눈물범벅이 된 나를 안고 토닥여 주며 같이 울어 주었다. 내 마음을 잘 안다는 듯이 나를 보듬어 주었다.

종일 굶었다고 하자 분위기가 분주해졌다. 잠시 나갔다 들어온 친구들 손에 들려 있는 빵을 본 순간 눈물이 쏙 들어갔다. 그것은 바로 맘모스 빵이었다. 향수를 앓고 있는 친구에게 좋아하는 빵을 선물하는 속 깊은 천사들에게 말로 표현할 수 없는 고마움을 느꼈다.

바삭한 크럼블이 덮인 두툼한 빵 사이에 크림과 잼이 듬뿍 발린 고소하면서 달콤한 빵. 한입 베어 물자 묵직한 맛이 입안에 퍼지며 넉넉한 엄마의 품에 안긴 듯 마음이 따뜻해졌다. 큰 애기들은 애기가 점점 기쁨으로 충만해져 가는 모습을 인자한 표정으로 바라봐 주었다. 나이는 같아도 내면의 성숙도는 달랐다. 슬픔을 기쁨으로 바꿔 주는 마법을 부리는 사람, 그것은 친구였다. 그리고 친구는 어른이나 부모의 다른 이름이기도 했다.

그때부터 우리에게 맘모스 빵은 보약으로 통했다. 시험을 망

친 날이나 열이 펄펄 끓어 몸이 힘든 날, 서툰 연애로 마음이 아픈 날에 우리는 푸짐한 맘모스 빵으로 기력을 회복했다. 누군가 나의 인생을 비디오로 찍고 있다면 그때로 돌아가 리플레이해 보고 싶다. 그 시절, 나에게 기꺼이 엄마가 되어 준 친구들이 있어서 참 다행이라는 생각이 든다.

Part 3

화가 날 땐 빵을 먹어

당신과 와플을 먹고 싶었어

안지선(햇살빵)

고개를 푹 숙인 여자가 비장하게 포크와 나이프를 달그락거린다. 투명하게 반짝이는 색색깔 과일이 듬뿍 올라간 와플. 폭신한 생크림에 아이스크림까지 더해진 '만 칼로리 챌린지' 같은 메뉴지만, 그만큼 더 먹음직스럽다. 이토록 달콤한 디저트 앞에서 그녀는 왜 이렇게 화가 나 있는 걸까. 꼭 다문 입술에 묻은 생크림도 아랑곳없이, 그저 꾸역꾸역 와플을 먹고 또 먹는다. 아니, 저건 거의 욱여넣기 수준이다.

마주 보고 앉은 남자의 얼굴이 딱딱하게 굳어 있다. 그의 앞에 놓인 포크와 앞접시는 처음 세팅된 그대로 깨끗하다. 영원히 열리지 않을 것 같은 결연함과 어쩔 줄 모르는 당황스러움으로 열린 듯 다물어진 그의 입술. 아마도 그는 와플을 먹지 못할 것 같다. 1인분이라고 하기엔 너무도 커 보이는 과일 와플을 혼자서 말도 없이 먹고 있는 여자. 그리고 그런 여자를 아무 말 없이 바라보고 있는 남자. 그들에겐 대체 무슨 일이 있었던 걸까.

"어휴, 최소 다섯은 낳았어야 했어!"

임신과 출산에 관한 나의 '특이 체질'에 대해 이야기할 때면 종종 이렇게 너스레를 떨곤 했다. 나는 아이를 둘 낳았지만, 산통은 느껴본 적이 없다. 제왕절개도 아닌 자연분만으로 두 아이 모두 '내몸내산(産)' 했지만 어찌된 영문인지 두 번 모두 별다른 산통 없이 아이를 품에 안았다. 두 번의 임신과 출산을 겪고도 내가 알지 못하는 또 한 가지, 그것은 입덧이다. 하루 24시간 차멀미에 시달리는 느낌 혹은 지독한 숙취로 고통 받는 느낌과 비슷하다고 들었다. 오죽하면 '입덧 지옥'이라는 말이 있을 정도일까.

그러나 입덧이 없었다고 해서 임신 중에 먹고 싶은 것마저 없었던 것은 아니다. 아주 가끔이지만 무언가가 '꼭' 먹고 싶어지던 순간이 나에게도 있었다. 그날이 아마 그런 날이었을 것이다. 첫째를 가졌을 때, 맞벌이였던 우리 부부는 평일에는 밥 한 끼 같이 먹기 어려울 정도로 각자 바쁘게 지냈다. 아기가 태어나면 외식도 데이트도 먼 나라 이야기가 된다던데, 콧바람도 쐬고 맛있는 것도 먹자며 나섰던 날이었다. 그날 내가 데이트 장소를 광화문으로 정한 건 온전히 그 과일 와플 때문이었다. 나의 첫 직장의 추억이 남아 있는 광화문. 그곳에서 처음 맛본 '카페 이마'의 과일 와플이 생각나서.

'카페 이마'는 광화문 사거리에 위치한 고풍스러운 상아색 벽돌 건물 '일민 미술관' 1층에 위치한 카페다. '카페 이마'의 간판 메뉴는 클래식 함박스테이크와 와플. 그중에서도 특히나 과일 토핑을 한아름 올린 큼직한 와플은 소문난 인기 메뉴였다. 지금에야 와플이 프랜차이즈 전문점도 생기고, 팬시한 카페의 기본 메뉴로 여겨질 만큼 흔한 메뉴가 되었지만, 그때만 해도 그렇지 않았다. 디저트 카페가 일반적이지 않았던 때였기에 와플을 먹을 수 있는 카페는 쉽게 찾아볼 수 있는 선택지는 아니었다.

게다가 '카페 이마'의 와플로 말할 것 같으면 각종 과일과 아이스크림에 생크림까지 한꺼번에 아낌없이, 아름답게 토핑되어 서빙된다. 동그란 와플 위에 빈틈이 보일세라 듬뿍 올려진 알록달록 과일 토핑의 자태라니. 따끈하고 바삭한 와플을 썰어 바나나와 생크림을 얹어 한입, 키위와 블루베리 잼을 곁들여 또 한입, 딸기와 아이스크림을 올려 또 또 한입. 이렇게 다양한 맛과 조합을 즐기다 보면 보름달처럼 동그란 와플이 반달이 되고, 초승달이 됐다가 어느새 아쉬운 흔적만 남긴 채 뱃속으로 사라지는 건 시간문제였다. '카페 이마'의 과일 와플은 바로 그런 와플이었던 것이다.

그날 점심으로 무얼 먹었는지는 기억나지 않는다. 밥은 거들 뿐, 후식이 본식인 날이었으니까. 꽤 배불리 먹고 나오는 길이었지만 전혀 문제 될 게 없었다. 모름지기 디저트를 사랑하는 빵순이라면, '밥 배 따로, 디저트 배 따로'는 기본 소양이 아니던가.

"후식으로 과일 와플 어때?"

설레는 맘을 감추지 못하고 눈을 반짝이며 신랑에게 물었다.

"와플? 배 안 불러?"

"배는 부른데… 그래도 과일 와플은 먹고 싶어. 둘이 나눠 먹으면 되잖아."

"난 못 먹어. 배불러서 안 먹고 싶어."

"….."

너무나 단호한 그의 태도에 나는 할 말을 잃었다. 와플 몇 입도 못 먹을 만큼 정말 그렇게 배가 부른 걸까? 설령 그렇다 한들, 임신한 아내가 먹고 싶다는데 같이 먹는 시늉이라도 해줄 수 있는 것 아닌가? 이렇게나 단칼에 거절해 버린다고? 게다가 그 눈빛. 밥을 그렇게 먹고도 와플이 또 들어가냐는, 경악을 넘어선 경멸의 눈빛을 마주했다는 느낌에 내 마음은 차갑게 굳어져 버렸다. 첫 임신은 큰 기쁨이었지만 동시에 크고 작은 낯섦과 그로 인한 혼란스러움과의 줄다리기이기도 했다. 특별히 전보다 많이 먹은 것 같지 않은데 자꾸만 살이 붙었고, 나날이 펑퍼짐해지는 엉덩이와 불룩해지는 배, 퉁퉁 부은 다리는 내 몸이 아닌 것처럼 느껴졌다. 임신성 소양증으로 임신 초기부터 온몸이 가려웠던 나는 남들보다 살도 일찍 터서 뒤늦게 준비해 열심히 바른 튼살 크림은 마음의 위안 그 이상의 역할은 해내지 못했다.

이미 10kg 넘게 불어난 몸이지만, 과일 와플 정도는 먹고 싶었다. 내가 한밤중에 미슐랭 3스타 레스토랑의 최고급 스테이크를 대령하라고 했나, 한겨울에 달콤하고 싱싱한 수박이 먹고 싶다고 했나. 그저 몇 걸음 걸어가 카페 문을 열고 "여기 과일 와플 하나랑 따뜻한 아메리카노 두 잔이요"라고 한 문장만 말해주면 될 일인데. 아니, 주문은 내가 하고 그냥 맞은편에 앉아 몇 입 먹는 척하면서 '맛있어?' 눈으로만 얘기해줬어도 될 것을. 그게 그렇게 어려운 일인가? 내가 너무 큰 걸 바란 걸까? 목소리가 되어 내뱉지 못한 원망의 소리들이 마음속에서 소용돌이치며 서운함과 서러움을 몰고 왔다.

"난 배불러서 못 먹어."

이 짧은 한마디는 신랑 입에서 던져진 돌멩이가 되어 어느새 내 마음속에 거대하고 뜨거운 분노의 쓰나미를 일으켰다. 먹구

름과 함께 태풍이 몰아치고, 천둥 번개가 번쩍였으며, 파도가 사정없이 출렁였다. 휘몰아치는 질풍과 노도는 이제 나도 어찌할 수가 없다. 내 마음은 폭풍의 언덕이요, 태풍의 바다. 이 거친 생각과 불안한 눈빛을 잠재워줄 수 있는 건 오직 하나, 과일 와플뿐이었다.

"됐어. 그럼 나 혼자 먹을게."

나는 차갑게 쏘아붙이고 휙 돌아서서는 성큼성큼 앞장서 걸었다. 뒤에서 오거나 말거나 앞만 보고 걸었다. 아니, 걸어야만했다. 금방이라도 눈물이 쏟아질까 봐 이 악물고 참느라 빨개진 얼굴을 들키고 싶지 않았으니까. 카페에 들어가 눈에 보이는 자리 아무 데나 앉았다. 떨리는 목소리를 겨우 가다듬고, 태연한 척 과일 와플을 주문했다. 목구멍에 뜨거운 무언가가 걸려 있어 아메리카노를 삼키기도 버거웠지만 동그랗고, 달콤하고, 촉촉한 과일 와플을 꾸역꾸역 다 먹었다.

'그래 이거였지, 내가 고대한 오늘의 본식. 아니, 이게 아닌데. 내가 원한 과일 와플은. 이게 맞지만, 이게 아닌데….'

그날 내가 폭풍처럼 씹어 삼킨 건 와플이 아닌 눈물이었다. 내 마음도 몰라주는 신랑이 원망스러워서, 그 와중에도 과일 와플이 너무 맛있어 싹싹 긁어 먹고 있는 스스로가 기가 막혀서, '다시는 너랑 밥 먹고 디저트 먹나 봐라' 다짐하는 그 마음이 서러워서. 와플 반, 눈물 반. 단풍도 내 마음도 낙엽 져서 떨어져 버린, 2007년 늦가을의 광화문이었다.

지금에 와서 돌이켜 보면 배불러서 후식 좀 못 먹겠다고 한 게 무엇이 그리 화가 날 일이었나 싶다. 이제 나는 혼자여도 웃으며 후식을 즐길 수 있는 마음의 여유가 생겼거늘 신랑은 그사이 배불러도 조용히 디저트를 주문하고 먹는 시늉을 하는 센스를 탑재했다. 사랑 반, 의리 반. 세월의 힘이란.

식탁 위의 시차

채서린(시골빵)

어느 휴일이었다. 식탁에 둘러앉아 빵을 먹고 있는데 딸아이
가 아빠에게 알려준다.

"아빠, 그거 알아? 엄마 빵 모임에서 별명이 시골빵이래."

"시골빵? 그런 빵도 있어?"

"있잖아, 캄파뉴. 그게 우리말로 시골빵이란 뜻이야."

"캄파뉴? 그런 빵이 있어?"

듣다못해 내가 둘의 대화에 끼어들었다.

"아니, 안 먹어본 빵도 아니고 어떻게 캄파뉴를 몰라?"

"내가? 내가 그 빵을 먹어봤다고?"

"전에 모악산 밑에 있던 그 빵집 기억나지? 거기 캄파뉴가 너무 맛있어서 갈 때마다 샀잖아. 자기도 담백하고 맛있다 해놓고는. 모르고 먹을 수는 있지만 몇 번이나 먹었으면 기억은 좀 해야 하는 거 아니야? 한두 번도 아니고."

내 잔소리가 늘어졌다.

"뭐 맛있게 먹으면 된 거 아냐? 이름까지 꼭 알아야 해?"

"응, 알아야 해."

그랬다. 빵은 꽃과 같아서 그의 이름을 불러주기 전에 그는 다만 하나의 반죽에 지나지 않았다. 빵의 이름을 안다는 건, 그 맛을 기억하는 행위이고 더 나아가 그 시간을 기억하는 온기 가득한 일이다.

언젠가 먹다 남은 불고기가 있어서 그다음 날 치아바타에 불고기와 치즈를 넣어 불고기 파니니를 만들어 주었다. 남편은 처음 먹는데 맛있다며 순식간에 파니니를 먹어 치웠다. 그에게 이 이름이 파니니라고 알려주면 "어, 그래. 들어본 적 있는 것 같아"라고 한 귀로 듣고 한 귀로 흘려 버린다.

고기를 좋아하지 않는 나는 버섯 파니니를 특히 좋아한다. 하지만 나 혼자 먹자고 일부러 버섯을 볶는 일은 언제나 뒷순위로 밀린다. 아이들은 버섯을 싫어해서 불고기 파니니나 치킨 파니니만 찾고, 옆에서 삶은 달걀만 까먹고 있는 나에게 그는 그저 "맛있는데, 당신도 먹지"라고 말할 뿐이다. 언젠가 "또 파니니

해줄까?"라고 묻는다면 그는 "파니니? 그게 뭔데?" 하고 처음 듣는 것처럼 눈을 동그랗게 뜰 사람이다. 파니니가 맛있다기에 그에게 해주었고, 그도 분명 맛있게 먹었는데도 말이다.

그래서 어떤 휴일 아침, "우리 저번에 먹었던 파니니 사 먹을까? 난 불고기 파니니 먹을게, 당신은 당신 좋아하는 걸로 골라"라고 말할 법도 한데, 그의 사고는 단 한 번도 그렇게 흐르지 않는다. 팥빵, 크림빵, 소보로, 맘모스만 아는 남자와 주말 세끼를 함께한다는 건 그래서 때때로 슬픈 일이다. 우리는 같은 식탁에 앉아 있어도, 서로 다른 세계를 꿈꾼다.

남편과 나의 교집합이 줄어들수록 우리의 시선은 자연스레 다른 곳을 향한다. 맛있게 먹고 배만 부르면 그만이라는 남편과 그 빵의 이름과 주재료 정도는 알고 기억하고 싶은 나. 내가 좋아하는 빵을 굳이 알려고 하지도 않고, 함께 나누고 싶어 손에 쥐여 주면 맛있게 먹고 그걸로 끝인 사람과 남은 생을 함께한다는 건, 어느 순간 실망과 분노를 지나 체념에 머무른다. 이 감정은 단지 빵 한 조각이 일으킨 사소한 기대와 좌절이 아니니까.

서로 크게 잘못한 것도 없다. 캄파뉴 위에 생크림이 어색하게 올라앉은 것처럼, 나는 빵이고 그는 크림일 뿐. 남편이 나를 생크림을 부드럽게 품고 있을 시폰 케이크쯤으로 기대했다면, 그건 어쩌면 남편의 착각일 것이다. 나 역시 언젠가는 남편이 캄파뉴 위에 먹음직스럽게 올려질 에그인헬처럼 변해줄 거라 믿었던 게 착각이었다. 이제야 알겠다. 남편은 발사믹 소스가 될 수도 없는, 그저 생크림 같은 사람이라는 것을.

문득 궁금하다. 어느 날 갓 구운 캄파뉴를 식탁 위에 올려 두고, 장발장이 훔쳐 먹을 만큼 간절했던 그 빵이 바로 이 캄파뉴였다고 도란도란 이야기하며 남편과 다정한 온기를 나눌 날이 올는지.

니 지금
우리 아빠 죽일라 카나?

박수진(쑥쑥빵)

"니 지금 우리 아빠 죽일라 카나?"

이 말은 시어른께 드리려고 단팥빵을 사 온 나에게 남편이 다짜고짜 던진 말이었다.

남편과 내가 연인에서 서로의 배우자가 되기까지 걸린 시간은 고작 아홉 달이었다. 그 짧은 기간 동안 우리가 얼마나 다른 사람인지 미처 알지 못했다. 결혼 후 우리의 '다름'은 때때로 상처가 되어 서로에게 작은 흠집을 냈고, 우리는 그 상처를 기워가며 결혼생활을 이어오고 있었다.

그리고 그날 역시, 마음의 '대바느질'이 필요했던 날이었다.

몇 해 전, 우리 동네에 이름난 빵집이 문을 열었다. 그곳의 시

그니처 메뉴는 단팥빵이었다. 이 집에서만 맛볼 수 있는 특별한 빵도 있었기에, 나는 고마운 사람에게 마음을 전하고 싶을 때면 그 빵을 포장해 선물하곤 했다.

시부모님 댁으로 향하던 어느 날의 일이다. 어머님은 우리를 위해 늘 정성 가득한 한 상을 차려 주셨다. 맛있는 두 끼를 배부르게 얻어먹고 나면, 좋아하는 밑반찬도 한 보따리씩 챙겨 주셨다. 남편과 나는 여름이면 수박 한 덩이, 겨울이면 사과 한 박스를 들고 가서 어머님의 사랑을 듬뿍 받아오곤 했다.

그날도 어머님 댁으로 가는 길, 눈앞에 그 빵집이 들어왔다.

'그래, 오늘은 단팥빵이다.'

나는 남편에게 잠시 차를 세워 달라고 했다. 남편은 도로변에 차를 세웠고, 잠시 정차할 수밖에 없어서 나는 서둘러 빵집으로 뛰어 들어가 단팥빵을 포함해 여러 종류의 빵을 골고루 담아 포장했다. 손에 들린 묵직한 박스를 바라보니 마음이 괜히 들떴다. 남편이 "어떻게 이런 걸 다 사 드릴 생각을 했어?" 하며 내 마음 씀씀이를 칭찬해줄 거라 기대하며 차에 탔다.

"이게 뭐야?"

남편의 물음에 나는 빙그레 웃으며 말했다.

"단팥빵. 우리 동네에 새로 생긴 고급 단팥빵이야. 진짜 맛있어."

그런데 남편의 입에서 돌아온 말은 전혀 예상하지 못한 것이었다.

"니, 지금 우리 아빠 죽일라 카나?"

그 순간, 나는 정지 버튼이 눌린 TV 속 사람처럼 그대로 굳어 버렸다. '방금 내가 무슨 말을 들은 거지?' 어안이 벙벙했다.

시아버지께서는 당뇨를 앓고 계신다. 단맛이 나는 음식은 될 수 있으면 피하시고, 흰쌀이나 밀가루로 만든 음식도 조심해서 드신다. 하지만 지난번에 아버님께서 팥빵을 맛있게 드시는 모습을 나는 분명히 보았다. 그래서 '가끔은 괜찮으시겠구나' 하고 생각했던 것이다.

칭찬 한마디를 기대하며 내민 머리 위에, 오히려 꿀밤을 세게 얻어맞은 느낌이었다. 남편의 거친 말에 내가 품었던 고운 마음은 그대로 튕겨 나와 쓰레기통에 처박힌 것 같았다. 억울했고, 화도 났다.

"아니, 아버님이 못 드시면 어머님은? 어머님은 드실 수도 있잖아. 오빠는 무슨 말을 그렇게 해?"

"있으면, 아빠도 드시고 싶어지잖아."

순식간에 달라진 차 안의 분위기에 움츠러드는 아이들이 보였다. 더 이상 언성을 높이고 싶지 않았다. 나는 입을 닫았다.

당뇨병에 대한 나의 이해가 부족했다. 남편에게는 가족력으로 내려오는 병이기에 익숙했고, 주의해야 할 점도 잘 알고 있었다.

122

설탕이 잔뜩 들어간 단팥을 소로 사용하고, 밀가루 반죽으로 만든 단팥빵은 아버님께 거의 금지된 음식이나 다름없었다. 그런데도 나는 섭섭했다. 나의 선한 의도와 고운 마음까지 통째로 부정당한 기분이 들었기 때문이다.

버럭 화를 냈던 남편은, 내가 시무룩해진 모습을 보자 미안해졌는지 조금 누그러진 말투로 덧붙였다.

"그래, 뭐… 엄마가 드실 수도 있고, 아버지도 아주 가끔은 한 번쯤 드셔도 되긴 하지. 그래도 안 드시는 게 좋긴 해."

결혼 후 친정에 갈 때면, 엄마가 좋아하시는 크림빵과 아빠가 좋아하시는 단팥빵을 한아름 사 들고 가곤 했다. 그러면 부모님은 내가 사 온 빵을 바로 꺼내 두어 개쯤 앉은 자리에서 맛있게 드셨다. 좋아하긴 하지만 일부러 사서 드시지는 않는다는 걸 알기에, 나는 그저 좋은 마음을 담아 빵을 챙겨 갔다.

하지만 그날, 달콤한 단팥빵은 사람을 죽일 수도 있는 '위험한 것'이 되어 버렸다. 단팥빵을 둘러싼 우리의 작은 부부싸움은, 선한 의도와 과정, 선한 행동과 결과 중 어느 것이 더 중요한지 다시 생각하게 했다. 내가 주고 싶은 것을 주기보다, 상대가 원치 않는 행동을 하지 않는 것이야말로 상대방을 위한 진짜 배려라는 것도 알게 됐다. (그치만… 그 말은 너무 심했어, 여보. 나 진짜 당신 이름 빨간색으로 쓸 뻔했다고.)

펀치 다운,
엄마가 하루를 굽는 법

이지연(단단빵)

펔펔펔-

잘 때리고 눌러 탄산가스를 빼내야 빵은 다시 모양을 찾는다. 너무 부풀어 오른 반죽 속에 갇힌 기포를 적당히 정리하는 '펀치 다운(Punch Down)'은 빵맛을 결정짓는 핵심 과정이다.

40대 중반의 나는 중학생 두 아이의 엄마이자, 매일의 삶을 빵처럼 구워 내는 중년의 여자다. 내 일상이 고메 버터와 유기농 밀가루로 만든 탕종 식빵처럼 쫀득하고 윤기 나길 바라지만, 사춘기 아이들과 보내는 하루는 쉽사리 그런 날들을 허락하지 않는다.

빵은 재료를 모으는 것부터 시작되어야 한다. 하지만 생활의 재료들은 판매대 위의 상품처럼 가지런히 정리되어 나를 기다리지 않는다. 온 집 안은 각자의 영역을 주장하는 수많은 '가루'들로 난장판이다. 뒤집힌 양말 쪼가리, 샤프심 가루, 과자 부스러기, 읽다 던져둔 책… 나는 이 흩어진 일상의 가루들을 모아 다시 반죽할 준비를 해야 하는 사람이다.

잘 계량된 밀가루처럼 물건이 제자리에 있으면 얼마나 좋을까. '대충'의 범람 속에서 나는 치우고 또 치운다. '내가 이걸 왜 해야 하지?'라는 억울함과 의무감이 서서히 굳어지며 마음 한편을 차지한다. 아이들이 어릴 때는 지저분한 집도 창의성에 좋다며 스스로를 설득했었는데, 그 여유는 어느새 사라지고 없다.

사춘기 아이들에게 하는 말은 벽에 대고 말하는 일과 비슷하다. 내 말을 듣고 흘끔 쳐다본 뒤 잡동사니를 발로 툭 치며 지나가는 아이들을 보고 있노라면, '저걸 내가 낳았나. 그렇지, 내가 낳았지' 하는 울화가 차오른다. 이때 내 삶의 펀치 다운이 시작된다. 속이 부풀 만큼 부풀어 오른 감정의 반죽은 사소한 계기로 터진다. 다음 날 준비물이 거실 바닥에 나뒹굴 때, 몇 시간 전 정리한 서랍이 다시 엉망이 되었을 때—그 순간 분노가 이성을 잡고 이를 악문 목소리로 새어 나온다.

"정리하기로 한 것들 치우겠다고 한 지 벌써 며칠이 지났는지 알아? 지금 치울래?"

생각 같아서는 주먹으로 반죽을 내려치듯, 억눌린 분노를 한 번에 터뜨리고 싶다. 하지만 나는 손바닥을 넓게 펴서 반죽을 눌러 가스를 빼듯, 꾸욱꾸욱 마음을 가라앉힌다. 내 표정에서 '오늘 엄마의 화'의 스케일을 읽은 아이들은 멋쩍게 웃으며 움직인다. 반죽에서 가스가 빠져 잠시 쪼그라들 듯, 우리 사이의 긴장도 그렇게 서서히 가라앉는다.

얼마나 더 반복해야 할까. 언제까지 이런 날들을 겪어야 할까. 분노는 매번 빠져나가지만, 정작 삶의 작은 조각들은 여전히 집 안 곳곳에 흩어져 있다. 아마 우리가 함께 사는 동안 이 순환은 계속될 것이다. 서로를 재료 삼아 하루를 굽고, 그 과정마다 펀치 다운을 거치며.

퍽퍽퍽-

팡팡팡-

내려치고 싶은 마음이 올라올 때마다 나는 혹여나 상처를 낼까 봐 손바닥을 다시 펴 조심스레 눌러 가며 오늘을 이어간다. 결국 남은 것은 오븐 속의 뜨거운 시간을 견디는 일, 그리고 그 시간 끝에 비로소 완성될 빵 한 덩이뿐이다.

빵이 오븐 안에서 뜨거운 열을 견디는 과정은 고통스럽다. 수분이 빠져나가는 건조한 인내의 시간을 지나야 단단한 빵이 된다. 이 시간은 마치 나의 중년 같다. 아이들의 '정리 안 함'은 계

126

속될 것이고, 내 분노는 며칠 간격으로 다시 반죽을 뒤흔들 것이다. 나는 이 순환 속에 산다.

그러나 오븐 문을 열어 잘 구워진 빵의 고소한 향이 퍼지는 순간, 반죽을 치대고 분노의 기포를 눌러 냈던 모든 노고가 단숨에 잊힌다. 그제야 알게 된다. 이 빵은 단순히 노동의 결과가 아니라, 나라는 엄마가 매일의 열을 견디며 단단해진 과정이라는 걸. 겉은 단단해도 속은 쫄깃한 식빵처럼, 나는 분노라는 열을 통과하며 가족의 하루를 지탱하는 빵으로 익어가고 있다.

나는 이제 분노를 피하거나 억누르기만 하지 않는다. 삶을 굽기 위해 필요한 열처럼 받아들이고, 나라는 반죽을 단단하게 만드는 힘으로 삼는다. 흩어진 일상의 재료들을 다시 모아 반죽하는 이 노동이, 언젠가 갓 구워진 빵의 향기처럼 우리 가족에게 따뜻한 위안이 되기를 바란다.

나는 다시금 내일의 발효를 준비하며, 오늘 하루를 굽는 법을 배운다.

127

빵, 우리 시간을 좀 가지자

송민경(미소빵)

"헉."

체중계에 올라간 나의 외마디였다. 입도 다물지 못하고, 반짝이는 숫자만 뚫어지게 쳐다본다.

'미친 거 아니야. 혹시, 고장일지도 몰라.'

내려와서 숨을 고른 뒤 몸에 힘을 최대한 빼고, 다시 올라가 본다. 어라, 아니다. 정확히 7kg이 더해졌다. 만삭 때의 몸무게라니… 2년도 채 되지 않았는데 이렇게나 찔 수 있나. 물론 입던 옷이 끼일 때부터 예상은 하고 있었다. 그래봤자 4~5kg 정도 늘었겠지 했는데, 자그마치 7kg이나 늘어 있었다. 10이 아닌 것에 감사해야 하나. 충격과 허탈한 마음으로, 애꿎은 체중계 위만 올라갔다 내려갔다 한다.

요 몇 달, 몸이 유독 무겁고 매일 피곤하긴 했다. 손과 목이 다시 가려웠고, 긁어서 생긴 상처가 늘었다. 단 음식이 중독처럼 당기기 시작했다. 내가 못 들은 척했을 뿐, 사실 적신호는 몇 달 전부터 울리고 있었다. 지난 1년 반 동안 인바디를 재거나 체중계에 올라가지 않았다. 더 이상 숫자에 연연하지 않겠다는 고상한 나의 다짐이었다. 강박적으로 체중을 체크하고 스트레스를 받는 다이어트는 이제 그만하고 싶었다. 하지만 그 이면에는 보고 싶지 않은 숫자에 대한 두려움도 분명 있었다. 그렇다고 내가 운동을 쉬었던 것도 아니다. 홈트, 필라테스, 스피닝 등 나에게 아무것도 안 하는 기간은 없었다. 그래서 더 억울했다.

'뭘까? 도대체 뭐 때문에 또 이렇게 된 걸까?'

스무 살 이후 쭉 다이어트를 해왔던 유지어터라 내 몸에 대해선 내가 제일 잘 안다고 자부하고 있었다. 그러다가 보기 좋게 한 방 맞은 거다. 부정하고 싶었지만 원인은 확실하다. 그동안 끊었던 설밀나튀(설탕, 밀가루, 나쁜 기름, 튀김)를 야금야금 먹기 시작했다는 것. 강박을 경계한다는 이유로 가끔은 괜찮다고, 단단했던 경계를 스스로 풀었다. 특히 빵을 다시 먹었고, 많이 먹었다. 핑계일지도 모르겠지만, 글을 쓰면서 빵과 다시 가까워졌다.

작년 늦가을, 글쓰기 수업에 도전했다. 브런치 작가 신청을 해

놓고 합격 여부를 알기까지는 긴 기다림이었다. 여기저기서 합격 소식이 들려오는데, 나에게는 울리지 않는 브런치 알림이 야속했다.

집에선 시간이 참 더디게 가 노트북을 들고 스타벅스로 향했다. 커피를 시켜 놓고 창밖을 바라본다. 오늘은 소식이 오려나 싶어 초조해지니, 갑자기 배가 고프다. 샐러드나 먹을까 해서 진열대로 갔는데, 정작 내 눈에 들어오는 건 케이크들이다. 가끔은 먹어도 괜찮다며 스스로 정당화한다. 안절부절못하는 마음을 달래기 위해, 내 눈이 가장 오래 머물렀던 치즈케이크를 고른다. 계산을 하고 돌아서는데, 휴대폰에서 경쾌한 알림이 울렸다. 기다리던 합격 소식이었다. 치즈케이크는 순식간에 축하 케이크가 되었다. 안도감에 한입 먹고, 감사함에 또 한입 먹었다. 입속으로 사라지는 케이크만큼 마음은 충만하게 채워졌다. 그렇게 그날부터 시작이었다.

글이 술술 써지면 얼마나 좋았을까. 나에게 글을 쓴다는 건, 마주하고 싶지 않은 나와 내 마음을 바라보는 일이었다. 그걸 문자로 끄집어내는 과정은 정말 힘든 작업이었다. 몸은 자꾸 보상을 원했다. "빵을 먹으면 잘 쓸 수 있어. 내가 위로해줄게." 빵이 자꾸 나를 불렀다. 아니, 내가 빵을 불렀을지도 모른다. 나 좀 도와달라고. 나중에 분명 후회할 걸 알았지만, 단호하게 "노"라고 말할 수 없었다.

시나몬 향과 크림치즈가 조화로운 당근 케이크, 향긋한 얼그레이 쿠키. 글이 풀리지 않을 때면 찾게 되는 나의 글동무들이다. 꽤 오랫동안 빵은 나에게 위안이었다. 우울증에 빠져 허우적대던 나를 끌어당겨준 것도 빵이었고, 사람들과 세상과 억지로라도 연결해준 것도 빵이었다. 마음에게는 은인 같은 존재였지만 슬프게도 몸에게는 아니었던 것이다.

다시 생긴 상처들, 시도 때도 없이 몰려오는 피로감, 기분의 업앤다운, 그리고 늘어난 뱃살. 기어이 체중을 확인하고 나서야 정신이 바짝 들었다. 포근하고 사랑스럽기만 하던 빵이 미워졌다.

'네가 나한테 어떻게 이럴 수 있어.'

원망스럽지만 나는 또 잘 알고 있다. 빵은 아무 죄가 없다는 것을. 조절하지 못하고 마구 먹은 내 잘못이지, 누구를 탓하겠는가. 나 자신에게도 화가 난다. '나는 왜 다른 사람들처럼 빵을 간식으로 먹지 못하고 주식으로 먹게 되는가. 한입 먹으면 왜 멈추지 못할까. 왜 끝장을 봐야 하는가.' 빵과의 새로운 관계 정립이 시급하다. 때가 온 것 같다. 더 이상 물러설 곳이 없다. 빵을 다시 끊어보기로 결심했다.

헤어짐은 어떠한 형태로도 쉽지 않은 법이다. 첫 일주일엔 금단 증상이 심했다. 기분이 급격히 다운되고 짜증도 늘었다. 아이에게도 남편에게도 화가 났다. 빵을 못 먹어 쌓인 분노는 가족들에게 향했다. 그래도 이렇게 포기할 수는 없었다. 살짝 덜 익은 바나나를 썰어 피넛버터와 함께 먹으며, 디저트의 욕구를 참아냈다.

힘겹게 첫 주를 버텨내고 2~3주 차가 되니 몸에 변화가 찾아왔다. 매일 입안에 달고 살았던 구내염이 사라지고, 낮잠을 자지 않아도 에너지가 떨어지지 않았다. 가려움도 덜해, 상처들이 옅어졌다. 속이 편해지자 기분도 한결 가벼워졌다. 그렇게 애정하던 빵이 사실은 나를 아프게 하고 있었다는 걸, 몸으로 알게 되었다.

그런데도 아직은 가끔, 빵 생각만으로 화가 나고 우울해지는 날이 있다. '뒷감당을 하느라 나는 이렇게나 힘든데, 넌 여전히 예쁘고 달콤하구나' 싶어서 얄밉다. 정말 얄밉고 원망스러워서 다시는 보고 싶지 않다가도, 어느 순간 그리움이 밀려온다. 분노와 그리움이 뒤엉켜 있나 보다. 늘 그렇듯 이별은 더디고 복잡하다. 하지만 좋은 컨디션을 온몸으로 느끼고 나니 헤어짐이 더 이상 슬프지만은 않았다. 먹고 싶은데 억지로 참는 게 아니라, 어느 순간 자연스럽게 먹고 싶다는 생각조차 사라져 갔다. 분노도 원망도 그리움도 서서히 잦아들었다. 우리는 이렇게 아름다운 이별을 할 수 있는 걸까.

빵은 나에게 약이기도 하고 독이기도 하다. 감히 영원한 이별을 꿈꾸지는 않으련다. 단, 이번엔 몸도 마음도 함께 건강해지고 싶다. 그래야 오래도록 함께할 수 있으니까. 은발의 할머니가 되어서도, 나는 우아하게 커피와 크루아상을 즐길 것이다.

그러니까 빵, 우리 시간을 좀 가지자.

담백한 인연으로 다시 만날 수 있을 때까지.

빵 세다 잠들던 소녀

신미경(잼빵)

아빠는 4년 전에 돌아가셨다. 대장암 완치 판정을 받고도 술을 끊지 못해 결국 간암 진단을 받았다. 술과 담배를 다시 시작한 것과 간암이 직접적인 상관이 없을 수도 있다. 하지만 병원에 모시고 다니고, 병원비를 대고, 병상에 누워 있는 환자를 대신해 모든 경제 활동을 감당해야 했던 가족들의 입장에서는, 한 번의 고비를 넘기고도 삶에 대한 의지를 새롭게 하지 않는 아빠가 원망스러웠다.

특히 엄마의 분노는 극에 달했다. 매일같이 아빠에게 그 인과관계를 따지고 다그쳤다. 회사에 다니며 틈틈이 병원에 동행하던 나 대신 엄마가 아이들을 돌봐주셨는데, 어린 시절 들었던 고

함들을 다시 내 집에서 듣게 되어—아니, 정확히는 내 아이들이 그 소리를 듣게 될까 봐—정말 힘겨웠다.

술을 잘 못 배운 아빠는 사실 젊었을 때부터 몸이 좋지 않았다. 엄마와 결혼한 지 얼마 지나지 않아 쓰러지셨다고 한다. 두세 살배기 연년생 남매를 남겨둔 채 아빠는 입원을 했고, 실직까지 했다.

아픈 아빠 대신, 엄마가 모든 짐을 짊어지게 되었다. 엄마는 우리를 업고 안고 다니며 보따리 장사부터 시작해 설거지 아르바이트, 미싱 부업까지 밤낮없이 일을 했다. 녹초가 된 몸을 이끌고도 아빠의 보양식을 챙겼다. 개고기, 소고기, 오리고기, 잉어… 몸에 좋다는 건 모조리 고아 바쳤다. 아빠는 참 잘 드셨다. 밥도, 그리고 또다시 술도.

"얘는 반장 같이 생기지 않았냐?"

새 학기만 되면 선생님들이 내 첫인상을 보고 이렇게 말씀하곤 했다. 그리고 예상대로, 나는 늘 압도적인 표 차이로 반장이 되었다. 똘똘하게 생긴 '잘생김'은 나의 무기였다. 경제적 능력이 없었던 아빠를 내 인생에서 그래도 긍정적으로 이야기할 수 있었던 이유는, 솔직히 외모가 팔 할이었다. 아빠는 조각 미남이셨다. 나는 그 잘생김을 물려받아 호감형이었고, 어디를 가든 예쁘게 생겼다는 말을 많이 들었다.

첫인상이 좋으니 사람들이 잘해주고, 사람들이 잘해주니 자신감이 붙고, 자신감이 붙으니 더 잘해보고 싶은 마음이 드는 외모 덕분에 생긴 작은 선순환이었다. 차은우 같은 사람이 누려볼 법한 이득을 아주 조금이나마 맛봤던 나는, 아빠에게… 아니, 정확히는 아빠의 눈썹·코·이마 유전자에게 늘 감사했다.

어릴 때 살던 동네 큰 사거리에는 '신라명과'라는 제과점이 있었다. 드라마에서처럼 부모님 손을 잡고 화기애애하게 빵을 사 먹으러 간 적은 단 한 번도 없었다. 학교 가는 길목이라, 나는 늘 호기심을 품고 지나치며 고소한 빵 냄음을 맡고 안쪽을 힐끗힐끗 들여다보곤 했다.

학기 초에 반장이 되면, 엄마는 꼭 반 친구들에게 소보로빵과 흰 우유를 돌렸다. 우리 집 일주일 반찬값이 훌쩍 넘는 금액이었을 텐데, 그런 턱을 기쁘게 내시는 엄마를 보며 많이 미안했다. 그러면서도 한편으로는 으쓱했다. 빵 정도는 돌릴 수 있는 형편인가 하는 불안한 물음표를 가슴에 품고 있었지만, 그 순간만큼은 어깨가 조금 빵빵해졌다.

아빠가 환갑잔치를 해달라고 했던 때가 2011년 여름쯤이었다. 그 시절만 해도 직계가족끼리 조용히 여행을 다녀오는 정도가 흔했는데, 아빠는 꼭 일가친척 모두를 초대해 성대하게 파티를 열고 싶다고 하셨다. 칠순 때 해 드리겠다고 아무리 설득해도, 아빠는 "나는 짧고 굵게 살 거야!"라며 단호하셨다.

막 시집온 새언니와 내 남편은 어리둥절했을 것이다. 그래도 시아버님(또는 장인어른)의 바람을 무시할 수 없었다. 결국 우리는 자녀 된 도리로 안양 구시가지에서 가장 큰 뷔페 예식홀을 빌렸다. 아빠는 온갖 동네 친구와 사돈, 육촌까지 직접 전화를 걸어 초대하셨다. 민망했지만, 아버님의 권위를 세워 드리는 일이라 여긴 새 식구들의 판단은 옳았다.

칠순을 겨우 6개월 앞두고 아빠는 나비가 되셨다. 참, 말이란 게 무섭다. 아빠는 정말 그렇게 짧고 굵게 사셨다. 그래도 아빠의 고집을 꺾지 않고 환갑잔치를 해 드린 것이 얼마나 천만다행인지 모른다. 아무리 미운 아빠라도, 떠나고 나면 해 드리지 못한 일들만 떠오르니까.

죽음에 대한 이야기가 어색하지 않았던 나는 병원에 모시고 다니며 여러 번 버킷리스트를 여쭤보곤 했다. 아빠는 여한이 없다고 했다. 아내를 고생시킨 건 많이 미안하지만, 자신은 정말 즐겁게 살았노라고. 특별히 더 하고 싶은 것도 없다고 했다. 막걸리라면 모를까.

매일 밤 빵이나 드셨으면 좋았을 텐데, 매일 밤 아빠는 술을 드셨다.

"아들이 사춘기라고! 딸이 내일 시험이라고! 제발 조용히 좀

자!"

엄마의 불만 쌓인 목소리는 점점 커졌고, 만취한 아빠는 "내가 언제 그랬어!"라며 더 크게 소리를 질렀다. 심한 날엔 무엇인가 부서지는 소리까지 들렸다.

'빨리 잠이나 자자.'

어린 내가 할 수 있는 선택은 방문을 잠그고 이불 속으로 들어가는 것뿐이었다. 하지만 잠이 올 리가 없었다. 아무리 안 들리는 척 애써도, 좁은 집 지붕이 떠나가라 울리는 고함은 반복됐다. 빨리 꿈나라로 도망가고 싶었던 소녀가 고안해낸 방법은 신라명과의 문을 여는 것이었다.

소보로빵, 초코 소라빵, 땅콩 크림빵… 달콤하고 고소한 버터 향을 떠올리며 호화롭게 진열된 빵들에 몰입하다 보면 분명 꿈인데도 느껴졌다. 그 따뜻하고 보드라운 빵의 숨결이. 쟁반마다 가득 놓여 있던 빵들은 아름다운 하모니를 이루며 내게 포근한 자장가를 불러주었다.

요즘도 엄마는 아빠를 그리워한다. '그렇게 고생했으면서도 이렇게 그리워한다고?' 아마도 엄마가 애타게 바라는 것은 살아 있는 '남편'이라는 존재가 아니라, 평생 꿈꿔왔던 화목하게 노후를 즐기는 가족 울타리 안의 '자기 자신'일 것이다.

엄마의 과거는 늘 미래를 위한 현재로만 기능했다. 꾹꾹 참아

내기만 했던 오늘들의 연속이었다.

"내가 참고 노력하면 나중에는 용상에 앉겠지."

엄마는 이렇게 자주 말씀하셨다. 매일 밤 술에 취한 남편의 고함을 견디고, 매일 아침 그의 해장국을 끓이던 엄마는 왜 그런 상상 하나에 그렇게 목을 맸을까. 나처럼 빵을 세며 잠이나 실컷 자지, 달달한 빵 한 조각으로 속이나 좀 달래지. "언제 제일 행복했어요?"라고 물으면 딱히 떠오르지 않는다는 엄마의 삶은, 제대로 한 번 구워 보지도 못한 채 뒤죽박죽 반죽 상태로 흘러가 버린 것은 아닐까.

백 세 시대라는데, 왜 우리 아빠만, 왜 내 남편만 이렇게 일찍 떠나보내야 했을까. "내가 부족해서 너무 일찍 보낸 것 같다"며 가끔 눈물을 흘리는 엄마께 나는 이렇게 말한다. 엄마가 아빠의 목숨을 사십 년이나 더 늘려준 거라고. 술 마시고, 해장하고, 약 먹고, 다시 술 마시고… 당신만 즐겁던 아빠와 달리 일하고, 밥하고, 도시락 싸고, 또 일하러 나가던 엄마의 삶을 평생 지켜본 나는 진심으로 그렇게 생각한다. 엄마는 아빠를 여러 번 살렸고, 내가 아빠 없이도 외롭지 않게 자랄 때까지 '아빠 있는 아이'로 키워주셨다.

아빠는 잘생겼고, 유쾌했고, 잘 놀아줬고, 모기도 잡아주고, 이불도 털어주고, 분리수거도 잘했다. 좋은 게 좋은 거라, 나는 여전히 낮의 아빠를 나의 아빠로 기억해낸다. 하지만 만약 우리 아빠가 자기 전에 나에게 책을 읽어주는 아빠였다면, 나는 반드시 서울대에 갔을 것이다. 자장가를 고르고 그림책을 읽어주며 아이들을 재우는 남편을 볼 때마다 이상하게 눈물이 난다.

삶을 되돌아보며 '어떻게 하면 더 좋은 결과를 낼 수 있었을까' 상상해보곤 한다. 만약 집에 책이 많았더라면? 밤마다 혼자 빵을 세며 잠들지 않고, 아빠가 들려주는 보드라운 이야기 속에서 잠들었다면 어땠을까? 아이들의 아빠를 보며 나의 아빠를 살며시 포개본다.

"아빠, 다음 생에 다시 만나면 제발 술 말고 빵 먹자. 그리고… 나한테 책 읽어줘. 진짜 서울대 한번 가볼게."

그가 나에게 내미는 휘낭시에

황선영(책빵)

나는 누가 등 떠민 것도 아닌데 콩깍지 씌어 만난 지 짧은 시간 안에 후다닥 결혼했다. 사실 생각해 보면 과년한 딸이 둘이나 남아 있던 엄마가 내 등을 세게 민 것 같기는 하다. 문제는 결혼식을 올리고 나서 남편과 너무 맞지 않다는 것을 뒤늦게 깨달았다는 거다. 몇 달만 빨리 알았어도, 신중하게 결혼을 고민했을 텐데…. 어리기만 한 삼십 대 초반, 뭐가 그리 급하다고 만난 지 몇 개월 만에 결혼을 했을까?

느긋한 성격의 신랑은 결혼 후 더욱 느긋해졌고, 성격이 급한 나는 결혼 후 더욱 조급해졌다. 십 년이 조금 넘은 결혼 생활 동안, 우리 신랑이 빨랐던 건 결혼을 결심한 그 순간뿐이었다. 그 정도면 굼벵이도 "형님~"하고 백기를 들고 갈 거다.

결혼 전 여름 휴가철이면, 나는 아침 9시에 이미 친구들과 만나 장을 봤다. 그런데 결혼 후 신랑과 보내는 첫 여름 휴가에는 오전 11시가 넘어서야 집을 나섰다. 나는 고속도로에서 차가 막힐까 봐 안절부절못하고 있는데, 신랑은 "걱정하지 마. 이미 다른 사람들은 다 떠났을 거야"라며 태연했다. 아니나 다를까 고속도로는 꽉 막혔고, 나는 그해 여름 우리 신랑처럼 게으른 사람이 생각보다 많다는 깨달음을 얻었다.

남편은 샤워를 하면 보통 30분~1시간은 기본인 사람이라, 내 샤워 시간은 자연스럽게 10분 컷으로 단축되었다. 워낙 신생아 때부터 엄마 껌딱지인 아이들 때문에 길게 씻을 수 없던 습관이 배인 것이다. 평소 나는 청결에 크게 예민하지 않은 편이지만, 남편은 외부에서 들어온 물건은 소독부터 하고, 사람이 오면 손 씻기부터 시켜야 하는 스타일이다. 아이 둘이 태어나고 육아를 하면서 생활 스타일이 정말 나와 극과 극이었다. 진짜 우리 둘은 로또보다 더 안 맞는 것 같았다. 다행히 조금 맞는 건 음식에 대한 선호도 정도일까?

나는 작고 아기자기한 빵을 좋아한다. 한국인의 힘은 밥에서 나오니 식빵, 모카빵 같이 주식으로 먹는 빵보다는 식사 후 디저트로 먹는 달달구리 빵을 더 좋아한다. 그래서 최근 선호하는 빵은 '휘낭시에'다. 작은 금괴 같이 생긴 모양에 포실포실하면서 적당히 달고 맛있다. 색다른 걸 먹고 싶으면 그 위에 초콜릿이나 소금, 무화과, 치즈 등 내가 원하는 재료가 토핑되어 있는 것을 고르면 된다. 손에 묻는 것도 없고 과하게 배부르지도 않은 휘낭시에는 요즘 내 최애 빵이다. 휘낭시에에 대한 나의 애정을 알아서일까? 남편은 가끔 퇴근길에 작고 귀여운 휘낭시에를 사 오곤 한다.

주말이면 아이들과 함께 밖으로 나가고 싶어 하는 신랑과 집에서 적당히 쉬고 싶은 나 사이에 복잡한 신경전이 벌어진다. 아이들이 아빠 말을 잘 듣고 외출 준비를 척척 하면 육아 난이도 '하'이겠지만, 그리 쉽게 따라 줄 요즘 아이들이 아니지 않은가?

첫째가 한 번쯤 외출 거부를 고지한다. 이 아이를 잘 달래서 외출 준비를 끝내면 난이도 '최상'인 둘째가 우리를 기다리고 있다. 엄마가 욕실에 와야 씻는다며 아빠를 욕실에서 퇴장시키지 않나, 세안이 끝나고 외출복으로 갈아입고 머리카락을 빗을 때까지 가만히 있지를 못한다. 그 정신없는 와중에 돈 한 푼 아끼겠다고 텀블러에 얼음물을 담아 가지만, 아이들의 "덥다"라는 말 한 마디에 남편은 바로 매점으로 직행한다. 이럴 거면 어깨 아프게 왜 물을 바리바리 싸들고 나온 건지…. 외출 준비에 정신없이 분주한 나는 초라해지고, 돈으로 플렉스 한 남편이 아이들의 우상으로 떠오른다.

외출도 전에 지친 나는 외출 목적인 "공원만 구경하고 가자" 주장하고, 남편은 "나온 김에 저녁 먹고 들어가자" 한다. 아이들도 그때그때 상황에 맞춰 맘에 드는 의견에 찰싹 붙는다. 오늘의 결론은 '공원+매점+카페+저녁 식사+인형 뽑기+네컷사진'이다.

디저트는 식사 후 입가심으로 가야 하는 나로서는, 어중간한 시간에 간 카페에서부터 화가 났다. 아니, 사실은 그전부터 약간 화가 조금씩 피어오르긴 했다.

"물 싸들고 나왔는데 매점에서 음료수 사줄 거면 카페는 왜 가는 건데? 매점을 갔으면 한 템포 쉬었다가 식사를 하고, 그다음에 후식을 먹지 않나? 물배가 찼는데 저녁은 어떻게 먹으라는 거야. 4명 중 본인만 좋아하는 비싼 장어를 먹겠다고 하면 선뜻, '서방님 요즘 몸이 많이 허하신 것 같은데, 기력 보충 좀 하시지요' 해야 하는 거야?"

결국 내 성화에 못 이겨 저녁 메뉴는 닭갈비로 정해졌다. 그러나 내가 간과한 것이 있었으니, 바로 딸아이였다.

하필 우리가 방문할 닭갈비 가게의 위치가 문제였다. 내가 사는 도시의 중심지인 그곳에서 우리 딸은 인형 뽑기 가게에 홀리듯이 들어갔고, 초심자의 운인지 인형을 결국 득템했다. 이 기쁨을 영원히 남기고 싶었는지 인생 사진을 찍어준다는 곳에서 또

열렬히 사진을 찍었다. 결국 나는 독불장군처럼 내 맘대로 하지 못하는 상황에 심술이 나고 말았다. 혼자 살면 편했을 텐데, 결혼과 육아라는 이 세계 안에서는 가족 구성원끼리 서로 양해를 구하고 한발 물러나야 행복하다는 것을 오늘도 몸소 겪어야 깨닫는다.

주말이 또 다가온다. 오늘도 나를 식구들에게 맞춰 보려 한다. 가끔은 나만 맞추는 것 같아서 화가 나지만, 사실은 서로서로 맞추고 있다는 것을 안다. 신랑도 나의 마음을 아는 걸까? 그럴 때는 내게 슬그머니 휘낭시에를 주고 가는 그다.

케이크에 그냥
이름을 써 놓지 그랬니?

정상원(소원빵)

딱딱띡딱, 띡띡띡띡-

도어록 비밀번호 누르는 소리가 들린다. 큰아이가 돌아온 모양이다.

식탁 위에는 갓 지은 밥과 간장에 조린 닭다리 반찬이 놓여 있다. 닭다리에 윤기가 도는 것이 제법 먹음직스럽다. 예쁜 그릇에 정성스럽게 담아 놓았다. 큰아이는 입맛이 여간 까다로운 게 아니라서, 저녁을 차릴 때마다 신경을 많이 써야 한다. 혹시 빠뜨린 게 없나 한 번 더 훑어보고, 아이를 맞이한다.

유독 날카롭고 예민하던 사춘기가 서서히 내리막을 향해 가고 있다. "밥 먹어" 한마디에도 눈알을 위로 치켜뜨고 입을 삐죽이던 때가 있었는데, 요즘은 "네" 하고 대답도 예쁘게 해준다. 비록 말하는 즉시 바로 나와서 앉아 먹지는 않지만, 예전에 비하면 그 정도 아쉬움은 아무것도 아니다. 마주 앉아 나누는 작은 이야기들, 종알종알 이어지는 사소한 대화가 얼마나 반가운지 모른다. 그 소중한 시간을 위해 아이가 좋아하는 음식을 차려 내느라 저녁 내내 분주하게 움직였던 것이다.

탈칵-

아이가 문을 열고 들어왔다. 집에 들어올 때는 좀처럼 환한 표정을 보여주는 법이 없다. 푹 데친 시금치처럼 또랑또랑하던 눈빛이 흐릿해지고, 입꼬리는 아래로 길게 늘어진다. 축 처진 어깨와 힘 빠진 발걸음까지 더해지면, 짐짓 화가 난 것처럼 보이기도 한다.

오늘도 역시 그런 얼굴이다. 무거운 책가방에 여린 몸이 휘청거리며 터벅터벅 들어오는 모습이 안쓰럽기만 하다. 나는 두 팔을 벌려 아이에게 다가간다.

쑤욱, 갑자기 아이의 손이 비집고 올라온다. 깜짝 놀라서 뒤로 한 걸음 주춤 물러난다.

"어머, 이게 뭐야?"

손에는 빵집 봉투가 들려져 있다. '지치고 힘든 와중에 뭘 또 이런 걸 사 왔대. 용돈도 부족하다면서. 요새 참 다정해졌네' 싶

어 눈가가 찡해졌다. 하지만 이어 아이의 입에서 나온 말은 그야
말로 반전이었다.

"이거 내 거야. 나 혼자 먹을 거야. 미안."

빈정이 확 상했다.

봉투 안에는 케이크 두 조각이 들어 있었다. 그러니까 이 두
조각을 내게 내민 건, 전부 자기 몫이니 절대 손대지 말라는 당
부다. 차갑고 시원하게 냉장 보관해달라는 뜻이다. 자기 손으로
넣어 놓기도 귀찮아 엄마한테 맡기면서 하는 말이 고작 "혼자
먹을 거"라니. 나도 별로 다정하게 대해주고 싶지 않았다. "내 기
분이 상했으니, 너도 한번 상해봐라" 하는 유치한 감정이 불쑥
고개를 들었다.

"어, 나도 나중에 케이크 사 오면 나 혼자 다 먹을 거야. 미안."

입가를 삐죽이며 한마디를 내뱉었다. 그랬더니 아이의 표정이
붉으락푸르락 구겨지기 시작했다.

"아니, 왜 말을 그렇게 해? 그 케이크가 그렇게 먹고 싶었어?
이거 친구가 내 생일 선물로 사준 거야! 내가 미안하다고 말도
했잖아!"

아이는 소리를 빽 지르며 화를 냈다. 내 안의 어른은 순간 가
출해 버리고 말았다. 신경질이 확 났다.

"야, 그깟 케이크 줘도 안 먹어."

아이의 눈이 동그랗게 떠졌다. 무려 친구가 선물해준 '소중한' 케이크에 대한 모독 같은 말이었으니까.

'어떻게 저런 말을 하실 수 있지? 내가 미안하다고까지 말했는데?'

안 봐도 아이의 생각이 텍스트로 눈에 보이는 것 같다.

변명하자면 아이가 너무 작게 말해서 "미안"이라는 소리는 들리지도 않았다. 하지만 설령 그 말이 또렷하게 들렸다 한들, 과연 이 상황이 달라졌을까? 내 멋대로 기대하고 내 멋대로 실망했다. 아이를 기다리며 준비했던 내 시간과 정성이 순식간에 아무 의미도 없어진 듯해 마음 한구석이 서운했고, 그 마음을 거친 말투 뒤에 숨긴 채, 결국 싸우기 위한 싸움을 시작해 버렸다.

승자는 없었다. 배려 없고 깊이 없는 말들이 서로를 향해 날아갔고, 그 조각들은 끝내 우리 마음을 마구 할퀴었다. 모녀의 대화라고는 도저히 부르기 힘들었다. 딱 연년생 자매가 먹을 걸로 티격태격하는 꼴이었다. 아, 유치하다. 나도 별로고, 쟤도 별로다.

어른이라면, 엄마라면, 평소의 나라면 이런 상황에서 넓은 아량을 보여야 한다는 걸 잘 안다. 하지만 이번만큼은 별로 그러고 싶지 않았다. 부아가 났다. 아이의 입장을 이해할 수 없는 것은 아니었다.

'피곤했겠지. 그러니 표정도 굳은 거겠지. 길게 말할 힘도 없어서, 하고 싶은 말을 죄다 생략하고 요점만 툭 던졌겠지. 나도 아는데… 그래도 너무 서럽잖아. 이 시간까지 부엌에 서서 네 생각하며 네가 좋아하는 걸 만들고 있던 엄마한테… 조금은 더 상냥할 수 있었잖아.'

서러움을 넘어서서 분노가 솟아올랐다. 케이크를 냉장고에 넣으면서도 또 벌컥 울컥 열이 올라왔다.

'내가 무슨 하녀야? 주인님, 알겠습니다. 보관해 드리겠습니다. 해야 해? 친구한테 선물 받은 케이크는 가족들이랑 나눠 먹지도 말아야 하는 거야? 그 정도 마음도 가족들과 나누기 아까운 거니? 진짜 치사하고 더러워서! 됐다! 그까짓 케이크 줘도 안 먹어. 네가 그냥 다 먹어라.'

겨우 케이크 두 조각 때문에 모녀의 감정에 시뻘건 불꽃이 일었다. 결국 큰아이는 씩씩대며 할 말 못할 말을 다 내뱉어 버린다. 그렇게 판을 키워 불길을 크게 만들어 놓고 방으로 들어가서 문을 쾅 닫아 버렸다.

먹으라고 해놨던 갓 지은 밥, 닭다리 반찬은 주인을 잃은 채 싸늘하게 식어갔다. 빈자리만 덩그러니 남은 식탁에 털썩 앉았다. 갈 곳 없는 분노가 씩씩대며 길을 잃고 있었다. 숨을 가다듬으며 대화를 곱씹지 않으려고 노력했다. 내 안의 감정을 컨트롤

하기 위해, 그렇게 분을 삭였다. 거친 숨이 진정이 되어 갔다. 이성이 돌아오고 있었다. 지금 벌어진 일들이 정리가 되어 가기 시작했다.

하아, 긴 한숨이 새어 나왔다. 겨우 케이크 두 조각 때문에 애랑 싸우는 내 자신이 싫었다. 참 기분이 별로였다. 내가 좀 한심하게 느껴졌다. 왜 평소처럼 픽, 웃으면서 넘어가질 못했을까.

분노의 감정이 서서히 걷혀 가니, 드러난 것은 '서운함'이었다. 큰아이에게 나도 모르게 기대고 있었나 보다. '너를 위해 내가 이렇게 노력하고 있다는 것을 알아주었으면 좋겠다'고. 말 그대로 '아이'에게 어른의 감정을 기대하고 있었던 것은 아닐까. 아직 아이가 어려서 알아채지 못하니, 내 기분이나 감정을 정확하게 설명해 주었어야 했던 게 아닐까. 집 나간 어른이 내 안에서 서서히 귀가하고 있었다.

아이의 방문을 두드려 긴 이야기를 나누었다. 불꽃은 사그라들었지만, 아이 방에서 나오고 나니 진이 다 빠졌다. 말을 너무 많이 해서인지 갈증이 났다. 물을 마시려고 냉장고 문을 열자, 눈앞에 케이크 두 조각이 보인다. 순간 심술이 나서 그것들을 확 안쪽으로 밀어 버린다. 조금 깊숙이 들어간 케이크를 째려보고는 냉장고 문을 세게 쾅 닫았다.

'내가 좋아하는 맛도 아니네.'

괜스레 중얼거려 본다.

'그래도 한입 정도 맛보라고 좀 해주지.'

여전히 미련이 남아, 한 번 뒤돌아보고는 주방 불을 끄고 잠을 청하러 방으로 들어가 버렸다.

피타브레드는 잘못이 없다

정미진(아침빵)

장을 보러 가기 전 의식처럼 하는 일이 있다. 금주의 할인 목록을 검색하는 것이다. 이건 첫째가 좋아해서, 저건 둘째가 좋아해서, 남편 거 빠지면 서운하니까 등의 이유로 구매 목록을 정한다. 호기심에 또는 유행이라서 한번 사볼까 하는 품목도 몇 가지 리스트에 추가한다. 그러고는 햇살이 은은히 부엌을 비출 때 누구보다 먼저 일어나 앞치마를 두르고 가족을 위해 따뜻한 아침 식사를 준비하는 내 모습을 상상한다. 이번 주 구매 목록 중 나의 상상을 완벽하게 재현해줄 그 품목은 바로 피타브레드다.

피타브레드는 중동과 지중해 지역에서 유래한 납작하고 둥근 빵으로 겉보기에는 동그란 토르티야처럼 보이지만, 구울 때 안

153

쪽에 공기주머니가 생기면서 속이 비어 있는 주머니 형태로 완성되는 쫄깃한 식감의 빵이다. 이 공기주머니 덕분에 반으로 갈라 속을 채워 샌드위치처럼 만들어 먹으면 훌륭한 한 끼가 완성된다는 정보를 습득하고 얼른 만들어서 식구들에게 맛보이고 싶었다. 따끈하게 구워 낸 피타브레드를 반으로 잘라 그 안에 신선한 채소, 노릇하게 구운 치킨텐더를 넣어 아이들 접시에 놓는 장면이 상상되면서 웃음이 났다. 바삭한 소리, "와, 맛있다"는 환호, 한입 가득 음식을 머금은 얼굴, 만족스러운 진실의 미간.

마트 진열대에서 눈과 손을 바삐 움직여 카트에 담고, 계산 전 놓친 품목이 있는지 머릿속으로 다시 한번 시뮬레이션한다. 카트에서 자동차 트렁크로, 트렁크에서 우리 집 냉장고로 여러 번 옮기면서도 무거운 줄도 모르고 내 마음은 기대로 가득 찼다. 팔꿈치와 어깨에 늘 파스가 한자리 차지하고 있지만 가족들 먹일 생각에 그 통증도 잠시 잊는다.

다음 날, 상상했던 모습 그대로 앞치마를 두르고 주방으로 들어섰다. 빵을 반으로 가르고 속에 모차렐라 치즈를 넣어 에어프라이어에 넣고 180도에서 7분간 굽는다. 양상추를 손으로 뜯어 물에 씻은 다음 탁탁 턴다. 완벽한 맛을 위해 키친타월로 남은 물기를 꼼꼼히 제거한다. 치킨텐더를 달궈진 프라이팬에 올려 노릇노릇하게 앞뒤로 굽는다. 달걀프라이를 추가할까 하다 텐더

의 맛에 집중하기 위해 생략한다. 피타브레드 안에 둘째가 좋아
하는 허니머스터드와 케첩을 바르고 재료를 채운다. 첫째는 소
스 없이 먹는 것을 좋아해서 텐더와 야채만 넣었다. 피타브레드
가 완성되었을 때 꽤 만족스러웠다. 아이들의 입맛을 고려해 차
별성을 둔 점, 가족의 한 끼를 준비하기 위해 부지런히 움직인
점 등 이건 단순한 음식이 아니라 나의 시간과 마음과 애정이 고
스란히 쌓인 아침 한 끼였다. 이제 대장정의 마무리만을 앞두고
있었다.

"얘들아, 아침 먹자."

"어? 이게 뭐예요?"

"피타브레드 샌드위치야."

"난 시리얼 먹을래!"

"엄마, 다른 건 없어요?"

둘째는 아예 입도 안 대고 시리얼을 우유에 말아 홀랑 먹어 버
리고, 첫째는 그나마 눈치를 보며 한입 먹어 보기는 했으나 소스
가 없어서 맛이 밍밍했는지 그대로 접시에 내려놓고 다른 메뉴
를 찾는다. 황당해서 말이 안 나온다. 이런 결과를 꿈에도 모르
고 그토록 애를 썼단 말인가. 검색해서 장을 보고 재료를 씻고
자르고 구웠던 나의 노동은 어디로 간 것인가. 나의 노력과 수고
로움이 무시당하는 기분이 들어서 눈물이 다 나왔다. 하지만 지

금 울 수는 없었다. 모든 일에는 순서가 있다. 등교가 먼저다. 아이들이 등교하기 전에 엄마의 눈물을 보면 좋을 게 하나도 없다. 아직은 나의 이성이 존재했다. 서둘러 가방을 챙겨 현관을 나서는 아이들의 뒤를 쫓아 엘리베이터 앞에서 배웅을 하고 나서야 눈물이 흐르도록 내버려두었다.

집 안은 정적만 가득했다. 식탁 의자에 앉았다. 애써 괜찮다며 나에게 작은 위로를 건네 보지만, 불끈 올라왔던 화는 쉬이 가라앉지 않았다. 숨이 턱 막혔다. 단순한 짜증을 넘어선 감정이었다. 무시당한 수고, 외면당한 진심, 아무도 알아주지 않는 노력. 이 모든 것이 식탁 위에 오롯이 놓여 있었다. 식어가는 피타브레드를 보며 뭐가 잘못된 걸까 생각했다.

'이런 빵은 처음이라 낯설었나? 다른 종류의 식사 빵도 많은데 언제까지 모닝빵과 식빵만 먹을 거야? 진짜 맛이 없나?'

미지근한 피타브레드를 한입 베어 물었다. 피타브레드는 잘못이 없었다. 훌륭한 맛이었다. 중요한 건 내 마음이었다. 아이들을 위해 이렇게까지 애를 썼다는 나의 오만, 내가 정성 들여 만든 것을 아이들이 맛있게 먹을 거라는 착각, 내가 해준 대로 먹을 거라는 기대… 이런 것들이 나를 힘들게 한 원인이었다. 모두가 내 뜻대로 될 수는 없다. 인생의 진리와도 같은 이 말을 나도 알고 있었다. 아이를 키우면서 늘 하던 생각이다. 하지만 막상 그 상황에 놓이게 되면 그 깨달음은 기억에서 나오지를 못한다.

사실 새로운 도전은 늘 거부하는 아이들이었는데 나의 기대가 너무나 컸다. 잘 안 먹을 수도 있다는 진실을 외면하고 있었다. 에그타르트도 크림이 잔뜩 들어간 도넛도 처음부터 아이들의 사랑을 받지는 못했다. 두 번, 세 번 시도할 때 조금씩 받아들이는 아이들이었다. 이 새롭지 않은 사실을 새롭게 깨달으며 아이들이 익숙해질 때까지 조금씩 시도해 봐야겠다.

Part 4

기쁠 때는 빵을 나눠

내 최애 빵집이 사라졌다

안지선(햇살빵)

"스콘을 좋아하진 않지만 갓 구운 스콘은 좋아해요. 그 집 갓 구운 스콘이 진짜 맛있거든요."

돌이켜 보면 그 집과의 인연은 100% 나의 최애로부터 시작해 최애로 끝났다. 최애가 무대에서 본인 픽 '스콘 맛집'에 대해 상호명은 비밀에 부친 채로 여러 번 언급한 적이 있었다. 디저트류는 좋아하지 않는다고 딱 잘라 말하던 그가 저렇게 여러 번 언급할 정도의 맛집이라니. 대체 얼마나 맛있길래?

때는 바야흐로 2021년 5월. 여전히 마스크는 벗지 못했지만 설레는 봄바람을 핑계로 스콘 먹기 딱 좋은 계절, 봄이었다. 예술의 전당 공연을 준비하며, 첫 미팅 때 최애의 소개로 공연팀이 함께 갔다던 그곳. 스콘이 맛있어 연습 때마다 여러 번 들렀다는 이야기에 한동안 팬카페는 '스콘 집 찾기'로 들썩였고, 결국 우리는 문제의 그 집으로 강력히 추정되는 곳을 찾아냈다. 티룸 '티안', 이름마저 최애를 닮아 고급진 그곳.

서초동 주택가 골목에 자리 잡은 작은 티룸, '티안'은 차(tea)에 일가견이 있으신 사장님 내외가 한 땀 한 땀 장인정신으로 운영해오신 가게다. 제공되는 거의 모든 티푸드가 수제였던 곳. 가게 안의 인테리어와 소품 하나하나까지 사장님의 손길과 감성이 묻어나던 곳. 처음 문을 열고 들어갔던 그날, 첫눈에 반해 버린 찻집이자 디저트 맛집이었다.

'티안'이 내게 소중한 장소로 기억되는 또 하나의 이유는 그녀들과 마스크를 벗고 만난 첫 장소였기 때문이다. 최애가 선물해 준 내 귀여운 동생들. 그녀들과의 인연의 시작은 코로나 첫 해, 온라인에서였다. 팬클럽 게시판에서 서로의 글에 댓글과 대댓글을 남기며 어딘가 모르게 코드가 통함을 느낄 즈음, 우리는 어느새 매일 카톡으로 수다 떠는 사이가 되어 있었다. 비록 서로 오프라인에서 얼굴 한번 본 적 없는 '시버러버(Cyber-Lover)'스러운 사이였지만. 2021년 6월의 마지막 날, 우리 넷은 드디어 최애의 공연을 보러 가기 전 '티안'에서 먼저 만나기로 약속을 정했다.

공연장도 인터넷도 아닌 현실 세계에서 마스크를 벗고 처음 만나던 날, 내가 몇 년 만에 소개팅을 나가는 젊은 처자였어도 그날보다 더 떨리진 않았을 것이다. 원하는 차를 주문하고, 얼마 후 등장한 어여쁜 세미 애프터눈티 세트를 마주한 우리는 동시에 "우와~!!!" 감탄사를 내뱉었다. 탄성이 신호탄이 되어 봇물 터지듯 쏟아진 수다. 쉴 틈 없이 웃고 또 웃느라 바쁜 와중에도 "어머, 이거 뭐야? 너무 맛있다!!" 진심 어린 리액션과 진실의 미간 주름은 멈출 줄을 몰랐다. 갓 구운 따끈한 스콘에 클로티드 크림과 수제 딸기잼을 넉넉히 발라 먹으며, "이 스콘이 최애가 말한 그 스콘이 확실함!!" 우정의 무대급 확신으로 가득 찼던 우리들의 첫 만남.

그 후로도 그녀들과 '티안'에서의 티타임은 몇 번 더 이어졌다. 예술의 전당을 갈 때면 으레 세트처럼 따라오는 코스가 됐달까? 계절 따라 제철 재료로 갈아입고 등장하는 세트 메뉴를 먹으며 '다음번엔 엄마랑 같이 와야지, 우리 딸들이랑 신랑도 좋아할 것 같아, 동네 친한 언니들이랑도 한번 와봐야 하는데…' 함께하고 싶은 사람들을 종종 떠올렸다. 하지만 운전을 못하는 내 기준에선 살짝 불편한 교통편 때문인지 '티안'을 방문한 횟수는 나의 호감도에 비례하지 못했다. '그래도 언젠가는…'이라는 다짐만 쌓아가던 어느 날, '티안'의 영업 종료 소식을 접했다. 그동안 사장님의 건강 문제로 휴식기도 있었고, 예약제로 변경되기도 했지만 이렇게 갑작스레 마지막이 찾아올 줄은 미처 몰랐다.

'티안'의 SNS에 공지된 마지막 영업일은 2023년 10월 20일. 최애픽이라 굳게 믿고 애정했던 '티안'의 영업 종료일은 신기하게도 최애의 생일날이었다. 마지막 날, 아쉬움을 가득 안고 그녀들과 '티안'을 찾았다. 언제 또 맛볼 수 있을지 모른다며 처음으로 세미 세트가 아닌 애프터눈티 세트 4개를 주문해 천천히 음미하고 즐겼다. 오래 추억하고 싶은 마음에 가게 구석구석을 사진으로 남기며, 사장님의 건강과 '티안'과의 재회를 조용히 기원했다. 갓 구운 스콘의 바삭하고 촉촉한 온기, 쌉쌀하면서도 향긋한 밀크티의 부드러움, 그녀들과 나누었던 웃음과 이야기들 그리고 "꼭 한번 같이 가보자!"는 지키지 못한 약속들이 남긴 아쉬움. 나의 최애 스콘 맛집은 그렇게 서초동 시즌의 막을 내렸다. 올해 제주에서 1년 살이를 시작하신 사장님 부부가 제주든 어디에서든 '티안' 시즌2를 시작해 주시리라 믿고 있다. 지키지 못한 약속을 늦게나마 지키기 위해서라도 꼭 돌아와 주시기를 바란다.

'티안'을 떠올리면 지금도 내 마음은 한없이 따뜻해진다. 우리가 사랑했던 공간은 사라졌지만, 그 안에 머물며 행복했던 순간들은 은은한 버터향과 밀크티 내음을 품고 지금도 선명하게 기억 속에 남아 있기 때문이다. 그곳에는 작은 빵집을 애정으로 정성스레 가꾸던 사장님의 부지런한 손길이 있었고, 좋아하는 사람들과 빵을 먹으며 웃고 떠들었던 행복의 시간들이 있었다.

그러나 어쩌면 작은 빵집이 내게 남겨준 가장 큰 선물은 "오늘 먹을 빵을 내일로 미루지 말라"는 깨달음은 아니었을까. 언제 올지 모를 먼 훗날의 대단한 행복을 위해 당장 내 앞에 놓인 작은 기쁨을 포기하거나 미룰 필요는 없다. 오늘의 내가 행복해야 내일의 나도 힘을 낸다. 좋은 걸 보고 누군가가 떠올랐다면 그를 위해 나의 마음과 시간을 기꺼이 나누며 살고 싶다. "거기 진짜 맛있는데, 언제 한번 같이 가자!"라는 모호한 인사말 대신 "나랑 이번 주말에 거기 같이 갈래? 너에게도 꼭 한번 맛보게 해주고 싶어!"라고 먼저 제안할 줄 아는 이의 삶에는 후회나 아쉬움보다는 충만함과 감사의 시간이 훨씬 더 넉넉히 쌓여갈 것이다.

열심히 사는 것도 좋지만 즐겁게 살아야 더 행복하다. 내가 좋아하는 걸 누리는 삶도 소중하지만, 그것을 사랑하는 이들과 함께 나누는 시간은 그 무엇보다 값지다. 작은 빵집이 내게 알려준 아주 보통의 행복을 기억하고 실천하며 살아가고 싶다. 내겐 너무 완벽한, 작은 것들이 주는 오늘의 행복을 꽈악 보듬어 안아야겠다. 모든 소중한 것들은 유한하고, 그렇기에 더없이 소중하므로.

봄날의 샌드위치를
좋아하세요?

채서린(시골빵)

지난주 내내 샐러드를 사 먹었다. 겨울엔 두세 번 끓여 깊게 우러난 찌개 국물에 밥을 자작하게 비벼 먹고 싶었는데, 어느 순간 그 진한 맛이 텁텁하게 느껴지기 시작했다. 대신 상큼한 발사믹 드레싱, 유자 드레싱이 살짝 뿌려진 샐러드가 자꾸만 떠올랐다. 봄이 오고 있다는 신호다. 내 혀끝이 먼저 계절을 맞이할 준비를 하고 있다는 뜻이다. 발꿈치를 들고 손으로 햇빛을 가리며 둘러봐도, 봄이 어디쯤 오는지 눈으로는 알 수 없지만 내 몸은 어느새 정확히 알아채고 있었다.

양상추와 양배추만 잔뜩 들어 있던 평범한 채소믹스 대신, 짙푸른 잎이 풍성해 맛있었던 샐러드를 먹고 난 뒤로 유러피안 셀

러드용 채소를 통째로 서너 포기씩 사 왔다. 로메인, 프릴아이스, 버터헤드레터스, 카이피라… 한아름의 꽃바구니가 아니라 한아름의 채소바구니를 말이다.

　일주일 동안 훈제 연어 샐러드도 만들어 먹고, 치킨텐더 샐러드, 슈림프 샐러드까지 알차게 챙겨 먹을 생각을 하니 촘촘한 기쁨이 밀려온다. 코끼리도 풀만 먹고 그 덩치를 유지한다며 채소를 산처럼 쌓아 올린 내 샐러드 대접을 본 남편은 옆에서 비웃었지만, 배추도 상추도 아닌, 아직 입에 익지 않는 이름을 가진 잎채소들이 막 밭에서 따온 듯 싱그럽기만 하다. 시들기 전에 부지런히, 야무지게 챙겨 먹어야지.

　코끼리가 하루 종일 쉬지 않고 나뭇가지와 풀을 씹어 넘기는 건, 내가 샐러드를 한 사발 먹고 돌아서서 금세 허기를 느끼는 것과 비슷한 걸까. 아무리 단백질 토핑을 넉넉히 얹어도, 곡기가 빠진 샐러드만으로는 어쩐지 마음 한편이 비어 있는 듯하다.

　현미밥과 다양한 콩이 들어간 포케도 좋지만, 봄이 오면 샐러드와 짝을 이루어 내 혀끝을 간질이는 건 언제나 샌드위치다. 손바닥만 한 캄파뉴 위에 크림치즈를 얇게 바르고 연어 샐러드를 풍성히 올린 오픈 샌드위치도 좋다. 직각 삼각형으로 반 잘라 만들다 보면 네모난 식빵의 각진 끝은 양심상 버리게 되는 그 익숙한 사각 샌드위치는 언제나 옳다.

하지만 뭐니 뭐니 해도 길쭉한 타원형의 빵을 고를 수 있는 지하철 샌드위치 가게는 봄날의 '방앗간' 같은 존재다. 그 앞을 지날 때면 나는 그냥 지나치지 못하는 한 마리의 참새가 되고 만다. 칼로리는 생각 안 하기로 한다. 내 몸은 그저 기꺼운 마음으로 봄을 맞이하고 있으니까.

"참치샌드위치 15센티요. (반 이상 먹고 쉬다가 허기지면 나머지를 먹어도 되니 실은 30센티도 무리는 아니지만) 빵은 허니 오트로 할게요. 치즈는 빼고 구워 주세요. 절임류도 빼고 대신 오이를 좀 더 넣어 주실 수 있나요? 소스는 스위트 어니언으로 조금만요. 감사합니다."

잘 말아 올린 김밥을 조심스레 풀어 한입 크게 베어 물 듯, 샌드위치를 손에 들고 포장을 벗긴다. 입안에서 폭죽처럼 터지는 바삭함과 아삭함. 흐리거나 미세먼지가 많은 날이면 더 간절해지는 푸릇푸릇한 그 맛. 빵 사이로 삐져나온 채소 한 올이라도 떨어지면 얼른 주워 넣게 되는, 놓치고 싶지 않은 봄날의 새순 같은 한입의 봄.

한겨울 우리의 손과 가슴을 따뜻하게 덥혀주던 붕어빵, 호떡, 호빵과는 이제 잠시 헤어져야 할 시간이다. 하지만 너무 서운해하지 말자. 샌드위치 속 생채소의 차가운 숨결이 먹고 나면 몸을 움츠리게 만들던 계절은 지나갔다. 드디어 샌드위치가 제철을 맞는 봄이 왔으니까.

　당신은 어떤 샌드위치를 좋아하는가. 빵은 무엇을 고르는지, 치즈는 어떤 종류를 즐기는지, 소스는 무엇을 선호하는지, 혹시 피하고 싶은 채소는 있는지. "어떤 봄꽃을 좋아하나요?"라는 질문처럼, 나는 당신의 샌드위치 취향을 묻고 싶다. 이 봄에는 당신에 대해 조금 더 알고 싶다.

　오늘 점심엔 꽃 한 송이를 들고 지하철역 근처로 당신을 마중 나가겠다.

나의 위로, 나의 기쁨, 허니 점보 브레드

박수진(쑥쑥빵)

"자, 밸런스 게임이야. 지금부터 죽을 때까지 단 하나만 먹을 수 있어. 빵 먹을래, 밥 먹을래?"

누군가 이렇게 묻는다면, 나는 주저 없이 "빵"이라고 대답할 것이다. 사실 이 글을 쓰는 지금도 냉동실에서 꺼낸 빵 하나를 우물우물 씹으며 노트북을 두드리고 있다. 겉으로 보면 그저 가만히 앉아 손가락만 까딱하는 것처럼 보이겠지만, 머릿속에서는 거센 회오리바람이 돈다. 쓰고 싶은 이야기를 어떻게 풀어낼지 고민하며 온몸의 에너지가 머리로 몰린다. 덕분에 뇌는 숨을 헐떡이고 있다. 이럴 때는 작은 속임수가 필요하다. 입안 가득 퍼지는 빵의 달콤함으로 기분을 살짝 띄워, 마치 글쓰기가 재미있는 일인 것처럼 나를 속이는 것이다.

다이어트할 때 내가 참기 힘든 건 언제나 밥이 아니라 빵이었다. 나의 식욕은 식당보다 커피숍이나 빵집에서 더 요동쳤다. 이렇게 맛있는 케이크와 영롱한 빵을 눈앞에 두고도 포크 한 번 찍어보지 못한다니, 그 사실을 도무지 받아들일 수가 없었다. 단순히 '먹고 싶다'가 아니라, 내가 누려야 할 행복을 억지로 포기하는 느낌에 가까웠다.

문득 몇 해 전, 트레이너에게 PT를 받았던 때가 떠오른다. 그는 내 고관절이 유연하고 힘도 좋다며 운동 감각이 뛰어나다고 했다. 그의 눈에는 내가 '가능성이 많은 회원'으로 보였던 모양이다. 회원의 체중 감량이 곧 트레이너의 훌륭한 이력이 되니, 나를 지도할 때 그의 열정은 누구보다도 진지했다. 덕분에 나는 하루 동안 먹은 모든 음식을 사진으로 찍어 선생님께 보내야 했다. 그리고 매일 아침 6시면 어김없이 이런 카톡이 왔다.

"수진님, 좋은 아침입니다. 오늘 아침 몸무게는 얼마예요?"

나의 가능성을 알아보고, 주 7일 내내 열정을 쏟아주는 선생님께 도움이 되는 회원이 되고 싶었다. 하지만 그 결심은 커피숍에서 늘 무너졌다. 이렇게 맛있는 빵과 커피를 두고 오직 아메리카노만 마셔야 한다는 사실을 도무지 받아들일 수 없었다. 운동은 시키는 대로 열심히 하고, 빵은 시키지도 않았는데 더 열심히 먹는 나에게 선생님은 이렇게 말했다.

"웃는 얼굴로 참 말을 안 듣는 회원이셔."

이렇게 빵은 내게 놓을 수 없는 기쁨이었다. 빵이 기쁨으로 이어지는 많은 기억 중에 특히 또렷하게 기억나는 순간이 있다.

아이가 태어난 지 100일도 되지 않았을 때, 나는 집에 갇힌 듯한 생활을 이어 가고 있었다. 아이가 낮잠에 들어야만 잠시 숨을 돌릴 시간이 생겼다. 잠든 아이를 옆에 두고, 삶아 말린 가제 손수건을 개다가 문득 창밖을 바라보았다. 창밖의 풍경은 눈부시게 싱그러웠다. 봄에 태어난 아이와 씨름하는 사이, 계절은 어느새 초여름 쪽으로 기울어 가고 있었다.

'계절은 내가 없어도 저렇게 변해 가는구나.'

행복한 나날이 분명했지만, 그날따라 알 수 없는 슬픔과 묘한 고립감이 밀려왔다. 면역력이 약한 아이를 위해 외출을 최대한 자제하고 있었기에, 조금씩 쌓여 오던 답답함이 한꺼번에 터져 가슴을 꽉 채웠다. 그때 내 머릿속에 떠오른 빵이 있었다.

"허니 점보 브레드."

지금 나에게 필요한 건 그 '속임수'였다. 밤낮없이 울어대는 아이를 돌보는 동안, 아이가 아무리 예뻐도 나는 점점 힘이 빠져 가고 있었다. 행복해야 할 육아가 슬픔과 지침으로 얼룩지는 것을 그대로 둘 수는 없었다. 기분을 회복할 무언가가 필요했다.

아기띠를 하기에도 어려울 만큼 작은 아이를 모비랩 슬링에 둘둘 감아 안고, 비장한 발걸음으로 집을 나섰다. 목표는 단 하나, 집 근처 커피숍에서 허니 점보 브레드를 먹고 오는 것이었다.

10분쯤 걸어 도착한 커피숍의 문틈 사이로, 모유 수유로 인해 한동안 맡지 못했던 고소한 커피 향이 밀려왔다. 도대체 얼마 만인가! 뒤이어 달콤한 빵 냄새가 퍼졌다. 미간을 살짝 찡그리며 깊게 숨을 들이켰다. 커피 향도, 빵 향도 모조리 빨아들이려는 듯한 기세였다. 커피는 여전히 허락되지 않기에, 오늘의 목표인 허니 점보 브레드만 주문했다. 기다리는 동안 히죽히죽 웃음이 새어 나왔다. 아무것도 모르는 아가는 내 턱 아래에서 조용히 꼬물거리고 있었다.

따끈한 김을 올리며 빵이 나왔고, 나는 빵칼과 포크를 양손에 쥔 채 마음속에서 조용히 기쁨의 비명을 질렀다. 황금빛 갈색으로 바삭하게 구워진 통식빵 위에 부드러운 생크림이 듬뿍 올려져 있었다. 캐러멜 소스와 계핏가루까지 야무지게 더해져 있는 빵을 눈으로 먼저 맛보았다. 바삭한 표면에 칼을 대어 슥슥 잘라내자 속은 결대로 부드럽게 찢어졌다. 고소한 버터 향을 맡으며 잘라낸 빵 조각에 뽀얀 생크림을 넉넉히 발랐다. 포크로 콕 찍어 입안을 가득 채우니, 바삭함과 고소함, 달콤함이 한꺼번에 퍼져 나갔다.

'아, 살 것 같아. 행복하다.'

보드라운 핑크빛 아기 머리 위로 시나몬 가루가 후두두 떨어지고 있었다. 평소 같았으면 청결에 예민해져 호들갑을 떨었겠지만, 그 순간만큼은 오직 나와 빵에만 집중하고 싶었다.

나는 가방에서 가제 손수건을 꺼내 아이 머리 위에 펼쳐 두고, 흰 손수건 위에 계핏가루가 잔뜩 떨어지도록 마음껏 먹었다. 턱 바로 아래에 있는 아이의 머리를 피해 가며 부지런히 포크질을 했다. 혼자서 그 큰 빵 한 개를 다 해치우고 나서야, 나는 흡족한 미소를 지으며 가게를 나섰다.

빵글 베이커리

이지연(단단빵)

베이킹이 사람의 삶에서 로망으로 자리 잡는 시기가 있다. 나 역시 그 시절을 지났다. 20대 초반 작은 하숙방, 그보다 조금 더 커진 자취방이 배경이었다. 『서양골동양과자점』을 읽으며 작품에 등장하는 빵을 판매하는 곳을 찾아 헤매고 미니 오븐에 뭐라도 구워보겠다며 애를 썼다. 여러 이름들 가운데 '클로티드 크림'이 유독 기억에 남는다. 그 이름조차 생소하던 시절, 클로티드 크림이란 걸 구해서 기어이 스콘에 발라 먹어보겠다는 일념으로 서울 시내를 돌아다녔다.

이제 나의 인물 설정은 '40대 중반의 두 아이 엄마'가 되었고 공간적 일상 배경은 30평형대 아파트다. 중년이 된 내 몸은 점점 못 먹는 음식, 조심해야 하는 먹거리들을 소화불량이라는 방식으로 알려준다. 밀가루 음식, 그중에 빵이 대표적이다. 달라진 시공간의 배경 속에 그렇게나 좋아하던 빵을 소화시키기 어려워하는 내가 보인다. 아침은 토스트, 점심은 커피와 빵, 간식으로 케이크를 먹을 수 있던 건 청춘의 한 시절임을 자주 절감한다.

우리는 가끔 예전과는 전혀 다른 방식으로 어떤 사물과 만난다. 브런치에 글을 쓰기 시작하면서 낯선 글동무들을 만나게 되었다. 그중 한 분이 빵에 대한 깊은 애정과 식견을 지니고 있었다.

"빵글을 쓰는 소모임을 해보면 좋겠어요."

나는 무조건 같이 하겠다고 했다. 빵을 잘 먹지도 못하는 상황이었지만 그분이 좋았다. 밀가루, 소금, 물, 버터가 따로 놀면 그냥 재료이지만 사람의 손길과 기다림, 불의 온기를 입고 나면 빵으로 변하지 않던가. 데면데면한 시간 가운데 한때 빵을 좋아했던 사람이 여전히 빵을 좋아하는 누군가와 어우러져 글을 쓰고 읽는 일이 즐거우리라 생각했다. 한편으로는 처음이라 사람이 모이지 않으면 어쩌냐며 걱정하는 그분의 모습에 빵쪼가리만큼이라도 힘이 되고 싶었다.

여러 글동무들이 소모임에 모였고 우리는 헤르미온느를 닮은 그 작가님을 빵장이라고 호명했다. 여리여리한 빵장님은 단호하고 선명하게 우리에게 빵제를 제안했다. 손사래를 치던 글동무들은 빵제에 따라 하나하나 빵글들을 써 내려갔다. 오래 입에 넣고 음미할수록 단맛이 감도는 캄파뉴처럼, 고유한 풍미를 지닌 버터가 더해져 겉바속촉의 식감을 지닌 스콘처럼, 바쁜 아침 내 아이의 아침 에너지를 채워줄 모닝빵처럼 각자의 삶에서 건져 올린 레시피로 구워낸 글들이 이어졌다.

텅 비어 있던 우리들의 브런치북은 빵집 진열대 빵들처럼 각자의 글로 차례차례 채워졌다. 눈으로 맛보는 작가님들의 글에서는 고유한 맛과 식감, 향기가 감돌았다. 삶의 맛이었다. 매일 온라인 단체 대화방에는 300+라는 숫자가 사라지지 않았다. 우리는 오프라인 모임을 통해서도 함께 만났다. 빵장님을 따라 패키지 투어를 하듯 유명 빵집들을 빠르고 정확하게 돌며 서로의 생각과 경험, 함께하는 기대감과 마음을 나누었다.

시간이 지나면서 한 가지 문제가 생겼다. 내 삶에서 빵이 주요하게 자리 잡고 있지 않다 보니, 무슨 글을 써야 할지 막막해졌다. 빵발 오른 글동무들은 종횡무진 빵글을 썼다. 물론 빵제들은 '빵'을 매개로 각자의 이야기를 쓰자는 것이니 꼭 실물 빵이나 바로 먹어야만 쓸 수 있는 건 아니었다. 나에게 빵글을 함께 쓰는 이들과 나누는 대화, 그 단톡방은 빼놓을 수 없는 소중한 일과로 자리 잡았는데 그 방에서 빵에 대한 이야기를 나눌수록 뭔가 빵 글감에 대한 궁굼함을 느끼고는 했다.

약속한 빵제에 따라 글을 써 내려가는 속도가 느려져 초조했지만, 글동무들은 나의 빵글 지연을 이해하고 응원해줬다. 이 방을 아끼고, 글동무들을 좋아하기에 그만큼 내 이야기를 쓰고 싶어서 스스로 쓸 말들이 차오를 때까지 기다리기로 했다. 특히 '나만의 베이커리'라는 빵제가 몹시 어려웠다. 글동무들의 글을 읽고, 다른 글들도 읽었다. 시간을 앞뒤로 감아 보며 추억을 뒤져 보기도 하고, 새롭게 생긴 빵집을 찾아 '이제 이곳을 나만의 베이커리로 삼겠다' 이런 선언 같은 글을 써 볼까 생각하기도 했다.

편안하게 만나서 함께하자 약속한 사이이지만, 보이지 않는 마감도 엄연한 마감이다. 우리의 마감이 투명한 이유는 손에 잡히지 않아도 함께 쓰겠다는 마음을 잊지 않고 늘 떠올리기 위해서였다. '오늘은 쓸 수 있겠다'며 호들갑을 떨기도 하고 모니터 앞에 앉아 쓰레기를 열심히 생산하고 폐기 처분하거나 작가의 서랍에 쑤셔 넣었다. 몇 주 동안 빵제에 관한 생각을 가슴 한편에 얹어 두고 살다 보니 이런저런 생각들이 눈뜨기 시작했다.

'빵'을 찾아 헤매던 나의 시선 끝에 빵 속에 담긴 삶들이 보였다. 빵 속을 들여다볼 수 있는 관빵법이 생긴 건 아니지만, 그 빵 하나를 통해 자기 삶을 맛있는 글로 구워 내는 글동무들의 시간과 정성을 맛보고 있음을 뒤늦게 깨달았다. '그렇다면 나는 어떤 빵글을 써서 구워 볼까. 무슨 글을 나만의 레시피로 적어 그녀들을 위해 준비해 볼까' 그렇게 생각하자 글을 쓰고 싶어졌다.

내가 찾은 '나만의 베이커리'는 바로 '빵글 베이커리'다. 브런치 작가가 되자고 만나 글을 쓰기 시작한 이들이 하루하루 삶의 레시피를 고민하고 구워 낸 삶의 베이커리가 바로 나의 베이커리다. 나보다 소화력이 좋고 나보다 젊은 그녀들의 빵지 순례와 빵들에 대한 이야기를 듣다 보면 저절로 행복해진다. 한편으로는 빵으로 충분히 공헌하지 못하는 마음에 미안함도 생긴다. 그래도 인생을 잘 구워 담아낸 빵글을 나누고 읽고 함께할 수 있다는 행복감에 하루에도 몇 번씩 찾아가는 이곳, 여기가 '나만의 베이커리'다.

내 삶에 없는 부분, 나에게 익숙하지 않거나 자주 접하지 않는 부분에 대해서 글을 쓰기 어렵다는 사실을 다시 깨닫는다. 애정하는 마음으로 생각과 궁리의 끈을 놓지 않으면 결국 글을 쓰게 된다는 점도 깊이 새기게 되었다. 앞으로도 '빵글 베이커리'에서는 그날의 레시피와 식물, 아이들, 도서관과 홈쇼핑 이야기가 함께 오갈 것이다. 나는 내가 만들 수 있는 작은 레시피들로 함께하려 한다. 그러다 보면 나도 근사한 빵을 대접할 날도, 사랑스런 디저트를 준비할 날도 오겠지?

가자, 나만의 사랑스런 빵글 베이커리로!

두바이에서 산
뉴욕 컵케이크

송민경(미소빵)

　뉴욕의 길거리, 어느 상점 앞 벤치에 잘 차려입은 두 여자가 나란히 앉아 있다. 핑크 버터크림이 듬뿍 올려진 컵케이크를 하나씩 들고서. 바쁘게 지나가는 차와 사람들 사이, 유독 눈에 띄는 핑크색 컵케이크가 아름다운 그녀들만큼이나 존재감이 확실하다. 서로의 소식을 전하며, 작은 컵케이크를 한입 크게 베어 물자 입 주위엔 크림이 묻는다. 상기된 얼굴로 컵케이크를 먹으며 새로 만난 남자에 대해 이야기하는 그녀는 캐리 브래드쇼, 그리고 그 옆은 캐리의 절친인 미란다다.

　유명한 미드 〈섹스 앤 더 시티〉의 한 장면이다. 캐리의 컵케이크로 유명해진 매그놀리아 베이커리는 한때 뉴욕을 넘어 전 세계적으로 선풍적인 인기를 끌었다. 금세 입안에서 사라질 작은 케이크와 자유롭게 웃고 떠드는 그녀들의 표정에서 기쁨과 설렘이 오버랩된다.

크림보다는 빵 부분을 좋아하는 나는, 사실 컵케이크를 그다지 좋아하지 않는다. 나는 '머핀파'다. 그런데 내 친구 킴은 컵케이크를 무척 좋아한다. 킴은 두바이에서 8년 넘게 함께 산, 가족 같은 친구다.

내가 입사를 하고 일 년이 채 되지 않아, 옆방에 또 다른 신입이 들어왔다. 국적은 달랐지만 금세 가까워졌다. 내가 비행이 없는 날이면, 교육을 받고 온 킴과 함께 시간을 보냈다. 장을 보고, 식료품을 시키고, 낯선 은행 업무까지… 두바이에서 살아남는 법을 알려주느라 하루하루가 모자란 것 같았다.

6주간의 교육이 끝나고, 킴도 본격적으로 비행을 시작했다. 자주 만날 수는 없었지만, 우리는 서로의 존재만으로도 큰 위안을 얻었다. 각자의 휴식을 방해하지 않으려고 애를 썼고, 스케줄이 맞는 날이면 밀린 수다를 떠느라 시간이 가는 줄 몰랐다. 마치 캐리와 미란다처럼.

그즈음 나는 "혹시 미국 전담이야?" 하고 놀림을 받을 만큼 매달 뉴욕 비행이 나왔다. 한 달에 한두 번, 많게는 세 번까지 가기도 했다. 10시간이 넘는 긴 비행을 마치고, JFK 공항에서 맨해튼

호텔로 가는 버스 안에서 한참을 졸다가 눈을 떴는데 '매그놀리아 베이커리' 간판이 눈에 들어왔다.

"어, 저거 킴이 좋아하는 건데."

순식간에 잠이 달아났다. 그때부터 뉴욕을 오고 가며 매그놀리아를 볼 때마다 킴 생각이 났다. 비행이 다가올 때마다 사다 주고 싶어서 물어보았다. 킴도 흔들리는 눈치였지만, 호텔에서 공항으로 그리고 12시간의 비행시간 동안, 그 작디작은 컵케이크가 무사하기란 꽤 힘들 것 같았다. 아쉬웠지만, 킴에게도 뉴욕 비행이 나오기만을 간절히 바랐다.

두바이 집에서 눈을 뜨는 아침이면, 어김없이 운동을 하고, 가장 가까운 쇼핑몰인 '두바이 몰'로 향했다. 두바이 몰은 세계에서 가장 높은 빌딩인 버즈 칼리파와 음악 분수쇼로 잘 알려진, 당시 두바이에서 가장 큰 쇼핑몰이었다. 오전의 두바이 몰은 그리 붐비지 않았다. 2층 창가에 있는 스타벅스의 구석 자리가 나의 지정석이었다. 아메리카노와 머핀 두 개로 혼자 아침을 먹고, 책을 보고, 일기를 썼다. 조용한 시간을 보내고 나면, 몰 안을 걸으며 사람들 구경을 하다가 지하 마트에서 장을 봐서 집으로 돌아오곤 했다. 그러던 어느 날, 기쁜 소식이 들렸다. 두바이 몰에 매그놀리아가 오픈한다는 것이었다.

뉴욕에서 자주 보던 그 간판이 생기더니, 며칠 뒤 쇼케이스엔

반짝이는 케이크들이 채워지기 시작했다. 컵케이크뿐만 아니라 커다란 홀케이크도 있었고, 각종 브라우니와 쿠키까지 그야말로 행복이 가득 진열되어 갔다. 마침내 오픈한 매장 앞에는 사람들이 줄을 서기 시작했고, 기다리는 사람들의 얼굴에서는 달콤한 향기가 나는 것 같았다.

킴은 오늘 밤에 비행에서 돌아오는 스케줄이었다. 뉴욕에선 사다 주지 못한 매그놀리아 컵케이크를 오늘은 꼭 선물해야겠다. 나를 위해선 줄 같은 건 서 본 적 없던 내가, 오늘은 친구를 위해 기꺼이 기쁨의 줄 끝에 섰다.

몽글몽글 파스텔톤 크림의 컵케이크들은 보고만 있어도 기분이 좋아지는 마법 같았다.

'킴은 어떤 맛을 좋아할까? 초콜릿을 좋아하니까 초코 크림은 꼭 사야 해. 매그놀리아 하면 레드벨벳은 필수지. 그다음은 클래식한 바닐라? 아니면 캐리가 먹던 그 핑크색 컵케이크?'

카운터에 점점 가까워질수록 가슴이 두근두근했다. 낯선 내 모습에 피식 웃음이 난다. 드디어 내 차례다. 활짝 웃는 직원에게 또박또박 컵케이크 이름을 하나씩 말했다. 그렇게 네모난 종이 상자에 마음을 하나씩 채워 나갔다. 망가질까 봐 조심스럽게 안고 서둘러 집으로 향했다. 냉장고에 컵케이크 상자를 넣어 두고, 식탁 위에 쪽지를 남겼다. 밤 비행이 있어 나는 일찍 잠자리에 들어야 했으니까.

빵을 고르는 일, 케이크를 고르는 일은 단순한 선택이 아니다. 나를 위한 것도, 누군가를 위한 것도 마찬가지다. 모두 마음에서 비롯된다. 마음을 고르는 일이다. 어떤 날은 벅차오르는 기쁨일 것이고, 또 어떤 날엔 따뜻한 위로가 되고 싶을 것이다. 때로는 어쩔 줄 모르는 미안함과 진심 어린 사과를 담고 싶을지도 모른다. 나를 혹은 상대방을 향한 마음을 들여다보고, 그 마음들을 고이 담아 포장하는 일이 아닐까. 그날 나는 작은 컵케이크 몇 개를 샀을 뿐인데, 그때의 따뜻함과 충만함은 지금까지 마음에 남아 있다. 누군가를 위한 선택이 나를 더 기쁘게 할 수 있다는 걸, 그날 깨달았다.

지금의 나는 누구를 위해 어떤 기쁨을 고르고 있을까.

포켓몬빵 잡아봤나요?

신미경(잼빵)

"아침 7시에 빵 배달차가 그 슈퍼로 온대요. 꽤 물량이 많아서 일찍 줄 서면 살 수는 있나 봐요."

'살 수는 있다'는 말에 솔깃해졌다. 유치원에서 너도나도 먹어봤다는 자랑에 아들의 호기심은 극에 달했고, 중고 거래 앱에서도 살 수 있다며 딸은 한번 찾아보자 했다가 비싸다고 생각했는지 괜찮다고도 했다. 비록 허탕이 많았지만 남편은 종종 편의점에 들렀다 왔다.

"어때? 도전해볼래?"

"응, 나 일어날 수 있어!"

초등 2학년 딸은 너무나 기뻐하며 꼭 새벽에 깨워서 같이 데

185

려가 달라고 했다.

"저놈은 어떻게 하지?"

"그 시간에 막내 깨워서 줄 세우는 게 나한테는 더 지옥 아닐까?"

"그래, 우리 셋이 후딱 다녀오자."

아직 슈퍼의 셔터는 굳게 눈을 감고 있었지만, 휴대용 의자에 몸을 맡긴 초롱초롱한 사냥꾼들은 이미 제법 모여 있었다. 우리가 초짜라는 걸 눈치챈 한 아주머니는 정보 나눔 수다에 시동을 거셨다. 할아버지 사장님이 힘들어서 아들에게 새벽 오픈을 넘겼다는 이야기, 그 아들은 게을러서 꼭 늦게 나온다는 이야기, 그리고 "절대 1인 1개씩밖에 안 줘!" 같은 꿀팁까지. 듣고만 있어도 재미있는 소문들이 쏟아졌다.

그때 트럭 한 대가 슈퍼 앞에 들어왔다. 그 빵 브랜드의 차였다. 차 뒷문이 열리자 파란색 트레이에 빼곡히 담긴 '포켓몬들'이 하나둘 내려졌다. 다양한 종류의 빵이 쌓여 가는 모습을 보며 딸의 설렘 온도가 올라갔다. 하지만 인기 캐릭터빵은 맨 앞줄에서 이미 동날 조짐이 보였다.

'제발, 아무거나 하나라도 살 수만 있기를.'

우리 아이들은 나처럼 "이거여야만 해!" 하는 뾰족한 취향이 없다. 한 번의 경험만으로도 고마움을 느낄 줄 아는 순둥이들이다. 그래서 아무거나 하나씩만 손에 넣으면 됐다.

바닥에 내려진 트레이의 열과 줄을 보며 빵의 개수를 대충 가늠하고, 우리 앞에 줄 선 머릿수도 세어 보았다. 간당간당, 조마조마. 평소엔 납득 못 하던 '캐릭터빵 중고 거래'가 그 순간만큼은 조금 이해됐다. 웃돈을 주고 트럭 기사님께 살짝 부당 거래라도 하고 싶은 욕망이 툭 튀어나왔다.

"엄마, 근데 왜 사장님은 안 와?"

빵은 도착했는데 파는 사람이 없다. 벌써 7시가 10분이나 지났는데도 기척이 없다. 나의 소중한 아침 시간이 조금씩 갉아지고 있었다.

그때 저 멀리서 더벅머리 청년 하나가 무표정하게 걸어왔다. 아들 사장님인가 보다. 이렇게 많은 사람이 기다리고 있는데 총총 뛰는 시늉이라도 하지, 손톱만큼도 미안한 기색이 없다. 손님들과의 약속을 중요하게 여겼다면 이 구멍가게가 대형마트가 되었을까?

"엄마, 드디어 우리 차례야."

남아 있는 빵은 다섯 개 남짓이었다. 우리 세 식구 모두 하나씩 손에 넣는 순간이었다. 무슨 맛인지도 모르지만, 남은 것들 중에서 다르게 세 개를 골랐다. 이 정도면 오늘은 '대성공'이었다.

밥순이가
불편한 새벽에
불편한 줄을 서서
불편한 감정을 누르고 빵을 손에 넣었다.

딸아이가
함께 일어나
함께 줄을 서서
함께 수고한 끝에 획득했다는 것에 큰 의의를 두었다.

빵을 기획하는 자가 될 것인가,
빵을 쫓아가는 자가 될 것인가,
빵을 선물하는 자가 될 것인가,
빵만 전달하는 자가 될 것인가.
이런 생각들을 아이의 언어로 나눠보는 시간이었다.

"사람들이 좋아하는 것을 만들어 낼 수 있다면, 돈을 많이 벌
수 있을 거야, 그렇지? 많은 사람들이 좋아하는데 그 수가 제한
적이라 사람들이 더 갖고 싶어 하는 것도 신기하지?"
"빵 하나를 팔더라도 선물처럼 느끼게 할 것인지, 그냥 교환

하는 가게가 될 것인지. 네가 어떤 일을 하든 사람들에게 감동을
주는 사람이 되었으면 좋겠어. 엄마는 이 슈퍼에 다시 오고 싶지
않거든. 다시 오고 싶게 만드는 사람이 성공하는 사람일 거야."

"아들 일어나. 빵 사 왔어."

일 년에 몇 번 볼 수 없는 표정이다. 눈을 비비며 일어났는데,
그토록 먹어보고 싶던 포켓몬빵이 머리맡에 있다. 크리스마스
아침처럼 아이는 팔짝팔짝 행복해했다.

"우와, 우와! 우와와와와와와!"

"그렇게 좋아?"

"응."

"또 사다 줘야겠네."

"엄마도 먹어봐! 진짜 맛있어."

"딸, 딸은 어때? 크림빵 안 좋아하잖아?"

"아, 나는 굳이 또 줄 서서 살 필요는 없겠어."

아들의 함박미소와 딸의 단호박이 어우러진 아침, 기쁨을 한
입 크게 베어 물었다.

달콤한 건 케이크보다
그날의 웃음

황선영(책빵)

생일이나 기쁜 일이 있을 때 빠지지 않는 것이 무엇일까?

바로 케이크가 아닐까 싶다.

내가 어렸을 때는(라테는 말이야) 넉넉한 살림은 아니어서 케이크를 특별한 날에만 먹었는데, 이상하게도 어떤 케이크를 먹었는지 잘 기억나지는 않는다. 엄마, 아빠, 세 자매인 우리 집은 생일보다는 크리스마스에 케이크를 먹었던 것 같다. 겨울, 여름, 가을에 생일이 있어서 계절별로 먹었으면 좋았을 텐데, 결국 예수님 탄생일에 먹었다. 어찌 보면 가족의 탄생일이 아닌 다른 이의 탄생일에 먹는다는 게 지금 생각하면 참 아이러니하다.

그 시절에 먹었던 케이크를 어렴풋이 떠올려 보면 보통 하얀

190

색 크림 케이크나 연두색 잎사귀에 둘러싸인 분홍 꽃이 놓아진 케이크였다. 막상 먹으면 느끼해서 한 조각 이상 먹기는 힘들었지만, 온 가족이 둘러 모여 먹는 날에는 트리의 반짝이는 조명처럼 나의 마음도 행복으로 반짝반짝했다. 가족들이 모여 함께 케이크를 먹고 엄마가 산타 할아버지인 척 넣어 주었던 밀크 초콜릿을 먹으며 보냈던 그 시간이 소중했다.

결혼 후 내 가정이 생기니, 식구들과 함께 케이크의 촛불을 켜는 시간이 겹겹이 쌓여 간다. 세상이 빠르게 변하는 동안 단출했던 케이크도 무한 변신 중이다. 자본의 힘을 써 아이들에게 인기 많은 만화 캐릭터가 가득 그려진 프랜차이즈 케이크, 개인이 운영하는 베이커리의 생화 케이크, 캐리커처 케이크, 떡으로 만든 앙금 케이크 등 진짜 세상엔 별의별 케이크가 있다.

이런 다양하고 예쁜 케이크를 보면 이상하게 딸아이의 생일에 주문하게 된다. 아들은 커 가면서 점점 무던한 성격이 되어 싫어하는 맛만 아니라면 케이크에 별 반응이 없고, 내 생일에 주문하자니 왠지 모르게 민망해서 이리저리 리액션이 좋은 딸 생일에 내가 먹어보고픈 케이크를 주문한다. 앗, 빠뜨리고 넘어간 신랑 생일에는 그의 취향을 반영해 깊은 맛이 강한 치즈케이크를 주문해준다.

한번은 인스타에서 본 왕관 케이크에 홀딱 빠져 버렸다. 하얀

색 홀케이크에 진주로 꾸며진 은빛 왕관이 올려진 케이크였다. 내가 어렸을 때 되고 싶었던 미스코리아의 왕관이 하얀 케이크에 올라간 형태였다. 특히 평소에 눈여겨보던 인플루언서 분의 생일에 왕관 케이크를 받은 모습을 보니, 평소에도 어여쁜 그분이 마치 여왕님처럼 보였다. 나도 모르게 부러웠나 보다. 차마 내 생일에 사기엔 민망해서 우리 가족 중 생일이 가장 빠른 딸아이의 생일에 주문했다.

가족들의 반응은 생각보다 뜨뜻미지근했다. 남편과 아들은 '케이크 위에 웬 왕관이냐' 하는 반응이었고, 딸은 이 케이크를 이해하기에 너무 어렸다. 먹을 수 없는 왕관은 따로 챙기고 나니 참으로 밍밍한 맛의 케이크였다는 것만 기억에 남는다. 왕관도 생각보다 삐죽삐죽해서 며칠 가지고 놀다가 아이가 다칠까 염려되어 결국 버렸다.

그다음으로 도전했던 케이크는 곰 인형과 마카롱이 가득한 케이크였다. 곰 모양과 마카롱으로 꾸며져 딸아이가 정말 좋아할 것 같았다. 사는 곳 바로 앞에 있던 케이크 가게가 이전을 했지만, 차로 10분 거리라 기쁜 마음으로 주문했다. 딸아이도 본인 생일 케이크를 찾으러 간다니 좋아하며 따라나섰다. 마음씨가 고왔던 사장님은 생일 주인공이라고 아이에게 예쁜 신랑 신부 곰 인형을 선물로 주셨다. 난잡한 집이라 포토존도 없는 우리 집 대신 가게에서 아이와 즐겁게 사진을 찍고 돌아왔다.

케이크를 받아서 신나게 생일 축하를 했지만, 입까지 즐겁게 해주지는 못했다. 폭신한 케이크가 아닌 타르트 반죽 사이에 크림, 마카롱이 올라가 있어서 이건 역시 아이보다 엄마의 취향에 가까운 케이크였다.

어느새 초등학생이 된 아이들은 캐릭터 케이크도, 특별 주문한 케이크도 자신들의 스타일이 아니라고 한다. 나도 이제는 아이들의 생일 케이크에 그리 열정을 쏟아붓지는 않는다. 아이들이 좋아하는 아이스크림 케이크로 고객님들의 만족감을 높일 뿐이다.

사진첩에 쌓여 가는 식구들의 케이크 수만큼 우리 가족의 행복이 쌓이고 있다. 그리고 가족의 행복이 중요한 만큼 내 행복도 챙겨 보겠다고 다짐해 본다. 이제는 부끄러워 말고 당당하게 내 생일 케이크를 주문해 봐야겠다.

세상에는 맛있고 예쁜 케이크가 참 많으니까.

끝내주는 소금빵을 보면
네 생각이 나

정상원(소원빵)

나는 소금빵을 정말 좋아한다.

버터와 소금이 만들어 내는 환상적인 조화, 절대로 촉촉하게 찢어지는 부드러운 속살, 그와 완전히 대비되는 바삭바삭한 겉면의 반전 매력. 그리고 빵 한가운데쯤, 마치 작은 보석처럼 올려진 굵은소금 알갱이 몇 개까지 모두가 완벽하다.

하지만 소금빵을 판다고 해서 '맛있겠지?' 하고 고민 없이 사면, 실망하게 되는 경우가 많았다. 모름지기 소금빵이란 '겉바속촉'의 대원칙을 지켜야 하건만, 대부분 '겉딱속퍼석'이어서 한입 베어 문 순간 실망을 감출 수가 없었다. 그래서 맛있는 소금빵을 사려면 꼭 발품을 팔아야 했다. 아쉽게도 내가 사는 동네에서는 만족스러운 소금빵을 파는 빵집을 발견하지 못했다. 그렇게 소금빵 유목민으로 지내다가, 키로 베이커리를 알게 되었다.

'어라, 사람들이 줄을 서 있다! 지금 소금빵이 나오는 시간이라네! 별 기대는 없었지만 갓 나온 빵은 못 참지.'

나도 모르게 빵 냄새에 취해 자연스레 대기 줄에 끼어들었고, 마침내 내 손에 갓 구워져 나온 뜨끈한 소금빵이 쥐어졌다.

역시, 달랐다. 심지어 내가 좋아하는 브리오슈 식감(식빵 같은 부드러운 느낌)도 아니고, 별로 좋아하지 않는 바게트 느낌의 소금빵이었는데도 너무 맛이 있는 것이었다.

소금빵은 기본 맛, 매운맛 두 가지가 있었는데, 기본 맛은 소금빵 특유의 달콤 짭짤함을 너무 잘 살렸고, 겉바삭, 속촉촉의 원칙도 매우 충실하게 지켜서 굉장히 만족스러웠다. 하얀 김이 나오고 그 김에서 풍겨 나오는 진한 버터 냄새! 글을 쓰는 지금도 그 장면을 상상하면 저절로 코평수가 넓어지는 기분이다. 지금은 맡을 수도 없는 그 냄새를 맡으려고 말이다.

나처럼 빵에 진심인 사람이 있을까? 맛없는 빵은 너무 싫고! (그래도 있으면 먹지만) 반대로 맛있는 빵은 너무나 사랑한다. (당연한 거겠지만, 강조에 또 강조!) 그리고 맛있는 빵을 알게 되면 아는 사람들에게 너무너무 소개해주고 싶다. 생각보다 괜찮은 빵을 만나는 것은 어려운 일이기 때문이다.

"같이 먹자. 이 맛있는 걸 나만 먹을 순 없지."

제일 먼저 이 빵집에 데려간 사람은 우리 남편과 귀요미 둘째다. 큰아이는 주말마다 늘 바쁘니 함께 보낼 시간이 좀처럼 맞지 않는다. 반대로 둘째는 늘 심심해하니 주말이면 자연스럽게 카페 나들이 메이트가 된다. 그날도 그렇게 둘째와 나들이를 나섰고, 목적지는 키로 베이커리였다.

키로 베이커리는 꽤 협소한 공간의 빵집이라, 앉을 자리가 두세 군데 정도뿐이다. 그중의 한 곳에 자리 잡고 앉아서 빵과 함께 커피도 주문해본다. 어라? 커피도 꽤 마실 만하다. 둘째와 함께 진열대에 가서 빵을 골라본다. 물론 나는 망설임 없이 소금빵을 골랐다. 자신 있게 가져온 소금빵을 한입 맛보는 아이와 남편의 표정을 세심하게 관찰한다.

말 없는 남편의 두 손이 계속 소금빵으로 향하는 걸 보니 이집 빵이 괜찮은가 보다. 빵이라고는 늘 피자빵이 전부인 줄 아는 사람인데, 지금은 미슐랭 3스타 주러 다니는 미식가 같아 보인다. 눈을 감고 음미하면서 한입, 한입 연신 감탄사를 내뱉으면서 맛을 본다. 둘째는 감정표현이 확실한 편이라 한입 맛보더니 바로 "엄마! 너무 맛있어요! 다음에 여기 또 와요!" 한다.

둘 다 내가 데려온 이 빵집이 마음에 드는 눈치라 정말 다행이다. 햅삐햅삐햅삐~ 기분이 좋아 당장 춤이라도 춰야 할 것 같다.

나는 빵을 너무 좋아하고, 입맛이 까다롭고, 취향이 확실하다. 그래서 내 입맛에 합격한 이 집을 당당하게 사람들에게 추천하고, 함께 먹으러 가자고 말할 수 있다. 그래서 내가 소개해준 사람들 대부분은 나만큼 이 집의 소금빵을 사랑하게 되어 버렸다. 근처에 갈 일이 있으면, 이 빵집을 지나치지 못하고 몇 개씩 포장해 오곤 한다. 가끔은 지인이 내게 전화를 해서 "나 소금빵 사 갈 건데, 언니도 사다 줄까?" 물어봐 주기도 한다. 어떨 땐 "어휴, 언니 때문에 살이 엄청 쪘어. 어쩔 거야?" 하는 원망 어린 투정을 듣기도 한다. 그렇지만 나는 또 맛있는 빵을 먹거나 괜찮은 집을 찾으면 꼭 알려주고 싶어진다. 아끼는 사람들과 맛있는 것을 먹는 것만큼 더 큰 행복이 있을까?

예쁘고 좋은 것을 보면 자연스레 내 사람들이 떠오른다. 내 가족들, 사랑하는 친구들, 이웃사촌들⋯ 그들의 알록달록한 얼굴과 인생이 음악처럼 떠오른다. 내가 엄청난 부자였으면 좋겠지만 그렇지 못해서 늘 그들에게 내가 원하는 만큼 베풀지 못해 괜스레 아쉽고 미안한 마음이 든다. 사랑하는 사람들에게 내가 좋아하는 것을 소개해주고, 그 사람들의 표정을 살핀다. 나만큼 행복해했으면 좋겠다는 소망을 품고. 맛과 향을 기억하고 음미하면서 내 생각도 조금 해주었으면 싶기도 하다. 유난을 떨면서 "맛있지? 맛있지?" 물어보는 철딱서니 없는 동네 언니일지라도,

그 한입이 상대방에게 작은 휴식이 되었으면 좋겠다.

좋은 책을 같이 읽으면 좋은 친구가 된다는 이야기가 있다. 좋은 빵을 같이 먹어도, 좋은 친구가 될 수 있다. 책을 같이 읽으며 공유했던 간접 경험들처럼, 직접 향긋한 빵 냄새를 같이 맡으며 따뜻한 빵의 온기를 같이 느끼고, 같은 장소에서 기분 좋게 나누었던 이야기들이 우리를 추억이라는 소중한 경험으로 묶어준다.

내가 소개해준 이 맛있는 (짭짤하고 버터 향이 진한 속살과 반대로 바삭바삭한 겉면이 매력적인) 소금빵은 또 다른 사람에게 소개되어 새로운 추억이 될 것이다. 언젠가 우연히 그 이야기를 듣는다면, 이야기 속에서 키로 베이커리의 갓 나온 소금빵의 향기가 물씬 배어 나올 것 같다.

꽃집에 빵 먹으러 갑니다

정미진(아침빵)

"언니, 오늘 장 보러 갈래?"

아이들을 이제 막 등교시키고 커피를 한잔 내려 마실까 생각하고 있던 참에, 나의 오랜 친구이자 육아 동지이며 장보기 메이트인 여동생에게서 카톡이 왔다. 우리는 창고형 할인마트로 이동해 장을 보고 하루를 보낼 힘을 얻기 위한 카페인을 수혈하려고 근처의 카페로 발걸음을 옮겼다. 동생은 SNS를 통해 맛집이나 분위기 좋은 카페에 대한 정보를 많이 알고 있었고, 오늘 만남의 솔직한 목적도 이 카페를 가기 위함이었다.

소금빵 맛집으로 유명하다며 동생이 데려간 그 카페는 명성답게 다양한 소금빵이 진열대에 놓여 있었다. 플레인 소금빵, 에

그마요 소금빵, 명란감자 소금빵, 팥딸기크림 소금빵 등 일반적인 소금빵과는 다른 메뉴들을 보면서 베이커리에 대해 계속 연구하고 도전하는 파티셰의 열정이 느껴졌다.

빵을 만드는 작업은 섬세해야 하기 때문에 그 과정이 쉽지 않다는 것을 안다. 버터의 온도가 약간만 안 맞아도 의도하지 않은 빵이 탄생하고, 계량이 살짝만 어긋나도 원하는 식감을 얻기 어렵다. 조금만 더 바삭하게, 약간 더 쫄깃하게 등 파티셰의 머릿속에 있는 맛을 정확히 구현해 내기 위해 얼마나 많은 시도를 했을지… 또, 소금빵 안에 어떤 토핑를 넣어야 소금빵의 고유한 풍미를 해치지 않으면서 잘 어우러지는지를 확인하기 위해 여러 차례 도전했을 것이다. 이러한 갖은 고난과 역경과 실패를 이겨내고 마침내 진열대에서 그 용맹한 자태를 뽐내고 있는 빵들을 보며 '너희도 참 애썼다'는 생각이 들었다.

여러 종류의 소금빵 중 나에게 특별한 맛으로 다가온 것은 명란감자 소금빵이다. 감자의 부드러운 담백함과 명란의 짭조름한 감칠맛이 조화를 이루며 깊은 풍미를 느낄 수 있었다. 한입 베어무는 순간 '음' 하는 옅은 신음과 함께 입이 바쁘게 움직인다. 동생은 역시 언니가 이 빵을 좋아할 줄 알았다며 인솔자로서 뿌듯해한다.

입이 즐거웠다면 이제 눈이 즐거울 차례다. 이곳은 빵과 커피

뿐 아니라 특이하게도 꽃을 같이 팔고 있었다. 베이커리와 카페 그리고 플라워 숍, 이 세 가지 특징이 이 카페만의 독특한 분위기를 만들어 내고 사람들을 이끄는 역할을 하고 있었다. 아름다운 꽃의 상징인 장미가 다채로운 색감으로 그 기품을 자랑하고, 튤립, 카라, 리시안셔스, 카네이션 등 내가 알아볼 수 있는 꽃들이 많아 반가웠다. 아름다운 꽃을 보고 기분이 나쁠 사람이 있을까? 커피 한잔하러 가거나 빵을 사러 갔는데 형형색색의 꽃들이 마중을 나온다면 평범한 일상에 행복 한 스푼을 더할 수 있을 것이다.

어릴 적 엄마에게 물어본 적이 있다.

"엄마, 어떻게 꽃은 저런 색을 내요?"

꽃을 보고 있으면 무척 흥미로웠다. 하나의 나무에서 자란 꽃이라도 꽃마다 색감이 미세하게 달랐고, 그 하나하나의 꽃을 들여다보는 일이 좋았다. 이 꽃과 저 꽃의 다른 점을 찾아내는 것이 재미있었다. 꽃잎이 두 가지 색상으로 이루어졌거나, 점점 번져 가듯 색이 진해지는 꽃잎을 보면 그저 신기했었다. 신은 왜 꽃을 만들고 '꽃'이라는 이름을 붙였을까? 그 작은 씨앗에서 어떻게 저렇게 커다랗고 예쁜 색을 지닌 꽃이 탄생하는 것인지 너무 궁금해하는 내게 모든 씨앗을 부릴 줄 아는 성실한 농부인 엄마는 그저 허허 웃기만 했다. '그것이 자연의 섭리'라는 듯이.

빵을 만들고, 꽃을 피워 내고, 열매를 맺게 하는 많은 이들의 노력을 되뇌며 그런 것들을 누릴 수 있음에 감사함을 느낀다. 무엇을 만들어 내고 그 생명을 피워 낸다는 것은 가히 세계 창조와도 같은 엄청난 일이다. 맛있는 소금빵이 먹고 싶거나 에너지를 얻고 싶을 때, 나는 나만의 힐링 베이커리로 간다. 그곳에서 주는 향긋한 꽃향기를 맡으며 오늘도 부지런히 자연과 어울리고 있을 엄마를 떠올리며 힘을 얻는다.

Part 5

빵을 담다, 빵을 닮다

나는 도넛 사람입니다

안지선(햇살빵)

　옛날 옛날 그리 오래지 않은 어느 옛날에, 호랑이 담배 피우는 대신 굴렁쇠 굴리고 오륜기 펄럭이던 그 시절에 한 소녀가 살고 있었다. 아직은 무엇이든 품을 수 있고, 무엇으로도 구워질 수 있는 말랑말랑한 반죽 상태였던 그 소녀는 낮에는 혼자 책을 읽고 밤에는 공상하다 잠들기를 좋아했다. 책 표지를 펼치고 장판 바닥에 배를 깔고 엎드리면 그때부턴 방바닥이 여객선이요, 잠수함이자 우주선이 되곤 했다. 소녀는 상상 속에서 바닷속을 탐험하고, 은하수를 유영했다. 소녀는 마치 동화 속 탐험가가 된 기분이었다.

　그랬던 소녀가 진짜 모험과 마주하게 된 건 열 살이 되던 해,

205

멀고도 가까운 '이웃 나라'에서였다. "아빠가 일본으로 발령이 나셨대!" 청천벽력과도 같은 그 소식을 접하고 소녀는 막막하고 당황스런 마음에 어쩔 줄을 몰랐다. 어린 소녀는 일본을 '우리나라를 괴롭혔던 나쁜 나라'라고 생각했기 때문이다. 물론 그 생각이 바뀌어 일본을 받아들이고, 좋아하게 되기까지는 그리 오래 걸리지 않았지만 말이다.

말이 통하지 않는 나라로 이사 가게 되면서 그녀는 자연스레 말수가 줄었고, 반면에 말로는 다 표현하기 힘든 오만 가지 생각과 감정을 감당하느라 눈빛은 깊어져 갔다. 무엇이든 될 수 있다 믿었던 보드라운 반죽이었던 소녀는 무엇이 되어야 할지, 과연 무엇이라도 될 수는 있을지 알 수 없어 조용히 웅크리고 지냈다. 어쩌면 그 시간은 빵지가 소리 없이 익어가는 발효의 시간이었는지도 모른다. 그랬던 소녀가 다시 기지개를 켜고 눈을 반짝이기 시작한 것은 담임 선생님의 권유로 합창반에 합류하게 되면서부터였다. 수업 시간에는 제일 뒷자리에서 있는지 없는지조차 모르게 조용히 있었던 소녀였건만, 가창 발표 시간에 그녀의 것이라고는 믿어지지 않을 만큼 맑고 우렁찬 목소리로 노래를 부르는 것이 아닌가. 그 모습과 목소리에 깜짝 놀란 담임 선생님께서는 신규 회원 모집 기간이 지났음에도 불구하고 음악 선생님께 부탁해 소녀를 합창반에 넣어주셨다.

합창반에서의 생활은 즐거웠다. 언어보다 음악 안에서 소녀는 자유로웠으니까. 그때부터 소녀는 조금씩 달라지기 시작했다. 학교에서 친구들과 웃고 떠드는 모습이 자주 목격되었고, 조용했던 목소리와 몸짓에 힘이 붙었다. 가만히 웅크린 채 발효되던 빵 반죽이 서서히 부풀어 오르기 시작했다. 그렇게 5학년이 된 소녀는 반장 선거를 하던 날 제일 먼저 손을 들어 반장이 되었다. 반장이 너무 하고 싶은데 아무도 안 시켜줄까 봐 본인이 먼저 선수를 친 것이다.

그 무렵 소녀를 움직이게 하는 힘은 '칭찬'과 '인정'이었다. 무엇이든 잘해서 칭찬받고 싶었고 인정받고 싶어했다. 그 시절 소녀의 꿈은 세계를 누비며 노래하는 오페라 가수가 되는 것이었다. 화려한 드레스를 입고, 뜨거운 조명과 박수갈채를 온몸으로 받으며 사람들의 마음을 움직이는 가수. 조용히 발효되던 반죽은 충분히 발효되기도 전에 한껏 부풀어 올라, 하루 빨리 화려한 토핑이 가득 올라간 튀는 맛의 빵이 되기를 꿈꿨다. 예를 들면, 오독오독한 초코쉘 위로 알록달록한 스프링클이 가득 올려진 초코 도넛 같은.

시간은 흘러 소녀는 어른이 되었다. 그사이 소녀는 많은 일을 겪었고, 꿈도 여러 번 바뀌었다. 한때 소녀는 "이왕 이 세상에 사람으로 태어났는데, 이름도 못 남기고 죽으면 너무 억울할 것 같아"라고 비장하게 거창한 꿈을 꾸던 야심가였다. 좋아하는 도넛을 딱 하나만 먹을 수 있다면, 이왕이면 세계적으로 제일 유명한 도넛 브랜드에서 가장 풍부하고 달콤한 토핑이 올려진 도넛을 골라 먹으리라 다짐하던. 하지만 현실의 벽 앞에 부딪히며 하나둘 허세와 환상의 토핑이 떨어지고 어느새 남은 것은 그저 밋밋하고 동그란 기본 도넛이었다. 그것도 가슴 한가운데 구멍이 뻥 뚫린. 어느 학교, 어디 회사, 어떤 직급 출신 이런 타이틀을 떼고 주부이자 엄마로서만 살기로 결심했을 때 그녀는 그런 구멍 뚫린 기본 도넛이 된 기분이었다. 아무런 멋도, 개성도 없고 누구도 알아주지 않는, 도넛 가게 진열대에 가장 마지막까지 제일 많이 남아 있는 그런 기본 도넛처럼. 하지만 사실 기본 도넛이야말로 모든 도넛 가게에 빠지지 않고 자리를 잡고 있는 근본이 아니던가. 도넛의 본질은 토핑이 아닌 도넛 그 자체라는 것을 그녀는 그제야 어렴풋이 느끼기 시작했다.

아이들이 커 가면서 그녀는 조금씩 자기 자신을 돌아볼 수 있는 여유가 생겼다. 어느 회사, 어느 명함에도 묶여 있지 않았기에 오히려 자유롭게, 무엇이든 좋아하는 것을 탐험해볼 수 있었다. 어린 시절, 장판에 배를 깔고 누워 여행하듯 동화책을 읽으며 꿈을 키웠던 것처럼, 그녀는 그녀 자신이라는 책을 한 장, 한 장 들춰보기 시작했다. 그러고는 그녀만의 도넛 상자에 책장 사이사이에서 발견한 그녀가 진정 좋아하는 것들을 하나둘 담기 시작했다. 그곳에는 음악이 담겼고, 책과 글이 담겼으며, 뜻밖에 달리기도 담겼다.

그녀의 삶은 다시 다채롭고, 풍요로워졌다. 세계적으로 알아주는 브랜드의 도넛도, 누가 봐도 호화로워 보이는 토핑이 가득 올려진 일류 도넛도 아니었지만 그 도넛들은 그녀에게 행복과 충만함 그리고 꿈꿀 수 있는 용기를 주었다. 지금 그녀는 또 다른 자기만의 도넛을 구워 내기 위해 분투 중이다. 그녀의 이야기가 담긴 책으로 사람들과 만나는 '작가'라는 이름의 도넛. 그리고 건강하고 활기찬 테토 할머니가 되기 위한 '생활 운동인'이라는 이름의 도넛. '작가 도넛'과 '철인 3종 완주 도넛'은 아직 열심히 반죽 중이지만 설령 그것이 반죽인 채로 남겨지더라도 반죽을 치대고, 주물렀던 시간만은 그녀 안에 남아 그녀를 계속 꿈꾸게 할 것이다.

오늘도 그녀는 자기만의 햇살 드는 방에서, 그녀를 위한 도넛 상자를 채우는 중이다. 반백 살을 바라보는 나이지만 여전히 먹고 싶은 빵도, 하고 싶은 일도 많은 그녀는 이제 화려한 토핑에 현혹되기보다는 그녀에게 어울리는 속이 채워지고, 색깔이 입혀진 도넛을 고를 줄 알게 되었다. 그리고 비로소 깨달았다. 도넛의 본질은 토핑이 아니라, 가운데 뻥 뚫린 그 빈자리라는 것을.

그 빈자리 덕분에 도넛은 더 맛있게 단단해지고, 또 무엇이든 담아 낼 수 있을 테니까. 그녀는, 아니 나는 여전히 비워가며 채워가는 중이다. 그래서 내 도넛은 아직 구워지는 중이다.

캄파뉴가 되고 싶은
커피번

채서린(시골빵)

빵지순례를 갈 때면, 어느 빵집이든 꼭 사 먹는 비교의 기준점 같은 빵이 있다. 예전에는 단팥빵이었지만 단팥빵은 몇몇 빵집을 제외하면 대부분 중국산 앙금을 써서 맛의 차이가 크지 않다는 걸 알게 된 뒤로는 자연스레 손이 가지 않게 되었다. 대신 생과일, 생크림, 치즈가 잔뜩 올라간 근사한 빵들 사이에서, 풀 한 포기 나지 않은 작은 봉분처럼 소박하게 자리 잡고 있는 커피번을 꼭 집어 든다.

소가 없는 커피번을 한입 베어 물면, 이 집 반죽 실력이 어느 정도인지 가늠할 수 있다. 어떤 곳은 크림치즈를 넣거나 슈크림으로 속을 채우는 경우도 있는데, 그럴 때면 한입 먹고 실망스러운 마음을 숨기기 어렵다. 커피번은 소금빵 같은 '비어 있음'의 여백이 있어야 하는데. 그렇다고 공갈빵처럼 텅 비어서는 안 되는 적당한 비어 있음이 있어야 하는데 말이다.

나는 어떤 빵일까 하는 다소 난감한 질문 앞에서 떠오른 빵은 커피번이었다. 내 존재에 대해 고심 끝에 찾아낸 답이라기보다는, 그저 블랙커피 한 잔과 놀랍도록 잘 어울리고, 눈앞에 있으면 참지 못해 두서너 개도 거뜬히 먹어 치울 만큼 좋아하는 빵이라 자연스레 생각이 스쳤을 뿐이다.

그러다 어느 날, "사람의 성격은 타인을 행복하게 해주는 방향이 아니라, 그 사람이 살아남기에 가장 적합한 형태로 만들어졌다"는 한 정신과 전문의의 인터뷰 문장을 읽고 마음이 서늘해졌다. 그 순간 문득, 지금의 나를 쌓아 올린 성정들이 무엇이었는지, 어떤 환경과 감정 속에서 나라는 존재가 빚어져 왔는지, 살아남기 위해 나는 어떤 모습의 나를 만들어 왔는지 조용히 되짚어보게 되었다.

나는 세 딸 중 가운데였다. 사랑을 듬뿍 받고 자랐다고는 말하기 어렵다. 그랬다면 좋았겠지만, 다행히 타인의 인정보다 스스로 납득해야 비로소 만족하는 성향이었다. 사람 사이에 흐르는 미묘한 공기를 빠르게 알아채는 편이었는데, 그게 타고난 감각인지 배워 익힌 것인지는 알 수 없다.

상처를 잘 받는 아이였다. 눈물이 많았고, 말로 설명할 수 없는 서러움이나 두려움을 눈물로 흘려보내곤 했다. 승부욕, 끈기 같은 단단한 단어와는 거리가 멀었다. 대신 차분함, 성실함 같은, 어쩐지 조금은 약해 보이는 어휘들이 나를 먼저 설명하곤 했다.

질투보다 부러움이 늘 먼저였다. 질투는 타인을 향해 밖으로 뻗어나간 감정이지만, 부러움은 나를 작고 초라하게 만드는, 안으로 가라앉는 마음이었다. 스스로를 가엾다 여기기도 했으나, 정작 나를 사랑하는 법은 알지 못했다. 타인의 아픔은 내 것처럼 흠뻑 끌어안으면서도, 정작 내 슬픔은 마주할 용기조차 없었다.

그래서 어쩌면 내 중심은 강단 있고 바삭한 박력분보다, 쉽게 부풀어 오르는 강력분으로 반죽한 번과 흡사할지도 모른다. 말랑하고 쉽게 상처받는 속내를 감추기 위해, 갈색의 갑옷처럼 단단한 커피 크러스트로 겉을 덮어 버린 커피번.

세상을 온전히 바라보지 못하는 내 반구의 세계에 덧입혀진 타인의 사랑은, 커피 크러스트에 어설프게 스며들다 만 설탕과도 같았다. 생과 사랑의 생채기가 지나간 자리에 피딱지처럼 굳어 있는 크러스트는, 삶의 쌉싸름함을 너무 일찍 알아 버린 내가 스스로 만들어 낸 근엄한 표면일 뿐이었다. 그 안에는 손끝의 온기만 닿아도 금세 꺼질 것 같은 여린 마음을 층층이 숨겨 놓은 채 말이다. 게다가 고소하고 달콤한 향 뒤에 숨겨 놓은 고집 센

짠맛은 생존을 위한 마지막 방어기제였을까.

돌이켜 보면 나는 앞서가는 이들의 뒷모습을 보며 바짝 따라붙을 욕심을 내지 않았다. 곧 나타날 갈림길에서, 그들과 내가 나아갈 방향이 다를 거라는 걸 어렴풋이 알고 있었기 때문이다. 그것이 학습된 무력감에서 온 회피인지, 아니면 진짜 내 선택인지 헷갈릴 때도 있다. 하지만 한 가지는 분명했다. 그들을 앞서 가야 한다는 일념 때문에 놓치고 마는 작은 것들이, 실은 내가 가장 놓치고 싶지 않은 삶의 가치들이었다는 것을.

자갈이 걷힌 평탄한 길을 숨차게 달리는 대신, 좁은 오솔길을 걷는 나는 돌부리에 걸려 넘어질 수도 있고 나무뿌리에 채여 금세 휘청거릴 수도 있다. 그래도 그 길에서만 들을 수 있는 바람의 소리, 나만 맡을 수 있는 숲의 향기 같은 것들이 나를 지치지 않도록 어디론가 이끌어줄 거라는 걸 알고 있었다.

생의 전반에는 설탕과 시럽, 슈거 파우더로 곱게 치장한 나이길 바랐지만, 남은 후반은 반죽하고 남은 덧가루처럼 겉과 속이 자연스럽게 맞닿아 내면의 결이 그대로 묻어나는 나였으면 한다. 그 길 끝에는 진한 커피 향도, 달콤한 설탕도, 부드러운 버터도 없는, 밀가루와 물, 약간의 소금과 이스트만으로 충분한 캄파뉴 같은 나로 남겨져 있기를 바란다. 단단하고 거칠지만 오래도록 질리지 않는 담백한 맛을 지닌 캄파뉴 같은 사람으로.

오늘도 나를 한 겹씩 더해

박수진(쑥쑥빵)

자신을 빵에 비유한다면 어떤 이는 바게트, 어떤 이는 식빵, 또 어떤 이는 크루아상을 떠올릴 것이다. 그 질문 앞에서 나는 주저 없이 크레이프 롤이라 답하겠다.

이 주제로 글을 써야겠다고 마음먹고도, 막상 쓰기까지는 몇 달이 걸렸다. 빵이라면 먹는 것은 자신 있어도, '내가 무슨 빵인가?'라는 질문 앞에서는 선뜻 떠오르는 답이 없었기 때문이다. 그러다 마침내 답을 찾게 된 결정적인 순간이 있었다. 바로 딸의 한마디였다.

"엄마, 크레이프 롤 케이크 먹고 싶어."

며칠째 딸은 크레이프 롤이 먹고 싶다는 말을 입에 달고 다녔

215

다. 며칠 전 친구가 스타벅스 크레이프 롤 케이크를 사 왔는데, 그게 꽤 입맛에 맞았던 모양이다. 딸아이 머릿속에서 떠오른 먹부림은 그걸 다시 먹기 전까지 좀처럼 사라지지 않았다.

하지만 우리 동네 스타벅스는 품절 상태였다. 네이버에 '크레이프 롤'을 검색해 보니, 차로 30분쯤 떨어진 시내에 전문점이 하나 있긴 했다. 그렇다고 조각 케이크 하나 사러 그 먼 길을 가기엔 영 내키지 않았다. 집 근처엔 카페가 넘쳐났지만, 이 빵은 매일 진열되는 기본 메뉴가 아니었던 것이다.

여기도 저기도 없다는 내 말에, 딸은 안 먹어도 된다며 정말 괜찮다고 했다. 그런데 이상하게도 오히려 내 마음속에서는 꼭 먹이고 싶다는 고집 같은 게 슬며시 올라왔다.

그러던 어느 날, 친구를 만나러 스타벅스에 들렀을 때였다. 내 눈은 자연스레 주문대 옆 쇼케이스로 향했다.

있다!

있다, 있어!

그곳에는 크레이프 롤 케이크가 떡하니 자리 잡고 있었다. 친구와 수다를 마치고 가게를 나설 때, 내 손에는 작은 케이크 상자가 들려 있었다.

"딸, 엄마가 오늘 너를 위한 선물을 사 왔지. 뭐게?"

"응? 뭔데?"

궁금해하는 딸의 눈을 보며 히죽 웃음이 났다.

그래, 나는 크레이프 롤이다. 딸이 케이크를 맛있게 먹는 모습을 바라보며, 몇 달이나 미뤄 두었던 글을 드디어 쓰기 시작했다. 이제부터는 크레이프 롤 안에 나를 끼워 맞추는, 처절하면서도 귀여운 몸부림이 시작된다.

얇게 구운 크레이프 사이에 고소한 커스터드 크림을 겹겹이 바르고 돌돌 말아낸 케이크. 겹이 많은 만큼 손이 많이 가고, 자칫하면 쉽게 무너지는 구조다. 그럼에도 한입 베어 물면 은은한 달콤함과 부드러운 결이 입안 가득 퍼진다.

나는 내가 얼마나 단단한 사람인지 가끔 생각해 보곤 한다. 무게 중심을 발바닥 전체에 두고, 땅을 단단히 밀어내는 힘으로 바르게 서 있는 사람이고 싶다.

"이만하면 괜찮아. 어제보다 조금 더 괜찮아졌어."

스스로를 이렇게 다독이지만, 예상치 못한 작은 상처에도 레고 더미처럼 와르르 무너질 때가 있다.

나는 네가 생각하는 것만큼 단단하지 않다.

나는 내가 생각하는 것만큼도 단단하지 않다.

달궈진 팬 위에 한 주걱 반죽을 올린다. 얇고 고르게 펼쳐 굽는다. 찢어질 만큼 얇은 크레이프 한 장이 완성된다. 어릴 때의 나는, 어쩌면 이렇게 얇고 가벼운 크레이프 한 장에 불과했는지도 모른다.

사람을 좋아하는 나에게는 인간관계에서 비롯된 크고 작은 갈등이 늘 있었다. 많이 만날수록 마찰도 생기기 마련인데, 그럴 때마다 나 자신을 탓하곤 했다(아, 물론 남 탓도 했다). 내 잘못이 아닌 경우에도 가까웠던 사이가 틀어지면 스스로를 탓하지 않는 일이 쉽지 않았다. 시린 상처에 연고를 바르듯, 한 장 두 장 크레이프 사이사이에 커스터드 크림을 바른다. 경험 위에 경험이 덧입혀지면서 나는 겨우 조금씩 더 단단해졌다.

나는 소유하는 소비보다 경험하는 소비를 더 좋아한다. 사고 쓰고 버리는 대신, 보고 듣고 겪고 마음에 새기는 일들이 좋다. 사라지지 않는 경험들이 결국 내 삶 속에 오래 쓰일 자산이니까. 그렇게 새로운 경험에서 한 겹, 상처에서 한 겹 더해지며 나는 조금씩 완성된다. 처음에는 퍽 얇고 찢어지기 쉽고 흐릿한 맛이었지만, 겹겹이 덧발라지는 커스터드 크림에 의해 점점 풍성한 맛의 크레이프 롤 케이크가 되어 간다. 마치 매년 새겨지는 나이테처럼 한 장씩 덧대어지는 크레이프 롤. 그것이 내가 바라는 나다.

크레이프 롤 속에 숨겨진 상큼한 딸기, 포도처럼 의외의 반전 매력까지 지닌, 그런 사람이 되고 싶다고 생각하며.

"나를 한입 베어 물기 전엔 그 속을 다 알 수 없지요."

아이 엠 크루아상

이지연(단단빵)

"내 삶의 결은 나 혼자만으로 쌓이지 않아. 가족 여러분아, 나는 무슨 빵이니?"

존재와 존재 사이의 교집합을 문득 발견하는 순간이 있다. 생물과 무생물의 경계는 중요하지 않다. 꽤 오랜 시간 나와 닮은 것들을 찾아 헤맸는데 이번에는 대상이 정해진 탐험이었다. 나는 무슨 빵인가. 빵니버스를 구축하고 있는 나의 글동무들에게 내 정체성을 담은 빵 좌표를 알려야 한다. 〈인터스텔라〉의 주인공들처럼 나는 한동안 빵계를 헤맸다.

'나는 무슨 빵이지?' 혼자서 이 빵 저 빵에 대입해 보다가 '모르겠다, 세일 빵이나 사 가자' 싶은 생각이 드는 날이 많았다. 그러다가 가족들과 빵을 먹으며 물어봤다.

"나는 무슨 빵인 것 같아?"

가족들은 무슨 대단한 비밀이라고 큭큭거리며 손으로 가린 채 글자를 쓰더니, "하나, 둘, 셋!"과 동시에 각자 종이를 펼쳐 보였다. 만장일치였다.

"크루아상!"

남편은 내가 겹겹이 쌓인 깊이를 가진 사람이라고 했다. 외적으로는 바삭하고 따뜻한 크루아상처럼 유쾌하고 부드러워 보이지만, 그 속에는 오랜 시간 다져진 단단한 내면이 있다는 것이다. 결이 많은 만큼 다양한 생각과 감정을 품고 있어, 한 가지로 정의할 수 없는 사람이라고 했다. (그래서 무슨 일이 생겨도 당신이랑 결혼하면 굶어 죽을 일은 없겠구나, 애들은 안전하겠구나 싶었다고 한다. 말을 말지, 이 사람아.)

딸은 내가 언제나 변신하는 크루아상 같다고 했다. 크루아상은 단순한 빵이 아니다. 초콜릿을 품으면 초코 크루아상이 되고, 아몬드 크림을 올리면 프랑스식 팽 오 쇼콜라로 변신한다. 요즘에는 색색이 컬러를 두른 컬러링 크루아상들도 보이기 시작했다. 내가 하는 일도 그렇다. 엄마이자 작가, 연구자이자 교육자인 다양한 모습으로 살아가고 있다. 그리고 그 모든 역할을 즐기면서 해내는 모습이 크루아상과 닮았다고 했다. (딸은 여기서 말을 멈췄다. 저 아이, 전두엽 재배열이 정말 끝나가는 것 같다. 크흑, 딸, 사랑해.)

아들은 나를 언제나 따뜻한 크루아상이라고 했다. 기분 나쁜 일이 있어도 엄마에게 이야기하면 마음이 편안해지고 축 처져 있다가도 엄마가 안아주면 힘이 난다고. 바쁜 하루를 보내다가도 집에서는 언제나 가족들에게 포근한 온기를 주는 존재라고. 차가운 버터를 넣어 굽는 빵인데 오븐 속에서 따뜻하게 구워지는 크루아상처럼 엄마가 좋다고 했다. 엄마가 차가워져서 딱딱해지면 자기가 오븐에 넣어서 데워주겠다고도 했다. (네 말은 있는 그대로 신뢰가 간다. 공감력+표현력 최고 F 아들아.)

역시 가족이라 그래도 오래 나를 본 건가 싶었다. 이야기를 마친 가족들은 각자 자기 자리로 돌아갔다. 떠난 자리는 비었지만 뭉클해진 가슴 한편에 따뜻함이 몽글몽글 피어오른다. 나는 식탁 위에 새 모이처럼 부서진 여러 종류의 크루아상 빵가루를 살살 모아 담았다.

크루아상은 흥미로운 빵이다. 바삭한 겉과 공기를 머금은 결 결이 드리우는 선, 겹겹이 쌓인 결이 만들어지기까지 수많은 노력과 시간이 필요하다. 반죽 사이 버터를 층층이 넣고 말아 라미네이팅해서 구워 내야 한다.

크루아상의 기원은 오스트리아 빈에서 시작되었다고 한다.

17세기 오스만 제국의 침공을 막아 낸 기쁨을 기념하기 위해 초승달 모양의 페이스트리를 만들었고, 이후 프랑스로 전해지면서 지금의 크루아상이 되었다. 오스만 제국을 상징하는 반달 모양의 빵을 만들어 스스로가 지켜 낸 가족과 내 이웃들의 오늘을 잃지 않겠다는 결기로 만들어진 빵이다. 밀가루 반죽을 차갑게 유지하며 버터를 넣고 여러 번 접어 부드러운 결을 만들어야 하는 그 과정은 마치 내 삶과도 닮아 있다. 한 겹 한 겹 시간이 쌓이며 만들어지는 크루아상처럼 내 삶의 결도 한 번에 이루어지지 않았다. 바삭하고 촉촉한 양면성, 그 자체로도 풍부한 맛을 선사하지만 여러 재료와도 어울려 변주가 가능하다.

나는 오롯한 나 자신으로서, 가족으로서, 사회적 존재로서 크루아상처럼 읽고 쓰고 어울리며 살고 싶다. 크루아상이 다양한 모습으로 변주될 수 있듯, 나도 한 가지 스타일의 글에 머무르지 않고 여러 색깔의 글을 써보고 싶다. 따뜻한 에세이도, 날카로운 칼럼도, 깊은 연구서도 써보고 싶다. 크루아상의 결을 만들기 위해 반죽을 여러 번 접듯, 글도 삶의 경험을 여러 번 접고 다듬으며 시간을 접어 넣고 마음을 말아 담아 기다리며 그렇게 말이다.

크루아상이 빵집마다 조금씩 다른 맛을 내는 것처럼 나도 나만의 색깔을 가진 글을 구워 내고 싶다. 어떤 날에는 바삭한 식감으로 가볍게 읽히는 글을, 어떤 날에는 깊이 있는 풍미를 가진 글을, 그리고 때로는 초콜릿처럼 달콤한 이야기도 담아 낼 수 있는 그런 쓰는 사람으로 살고 싶다. 작가의 글이 독자에 의해 완성되듯, 내 삶의 풍미와 바삭하고 촉촉한 맛을 나누는 동무들이 있어야 비로소 완성될 나는, 크루아상이다.

지피티야, 지피티야.
나는 무슨 빵이지?

송민경(미소빵)

'나는 무슨 빵일까?'

빵을 좋아해서 빵글을 쓰는 작가님들이 모여 있는 우리의 빵모임에는 여러 가지 빵글의 주제, '빵제'가 넘쳐난다. '나는 무슨 빵일까?'도 그중 하나다. 처음엔 쉬울 거라 생각했다. 나는 빵순이니까. 그런데 막상 질문을 마주하니 생각보다 어려운 주제라는 걸 알았다. 내가 좋아하는 빵과 나를 닮은 빵은 전혀 다른 문제였기 때문이다.

우선 내가 어떤 사람인지, '나'에 대해 먼저 생각해야 했다. 『백설공주』의 왕비가 마법 거울을 소환하듯, 나는 챗지피티를 불러냈다.

224

"지피티야, 지피티야. 나는 이러이러한 사람인데, 빵에 비유한다면 무슨 빵일까?"

어떤 빵이 나올까 내심 기대하며 모니터를 바라봤다. 그런데 의외의 빵 이름이 나왔다.

"너는 마치 브리오슈 같아. 우아하면서도 강인하고, 부드러우면서도 깊이 있는 사람."

브리오슈(Brioche)에 대해 들어본 적 있는가?

브리오슈는 버터, 설탕, 달걀이 많이 들어간 프랑스 빵이다. 살짝 녹은 눈사람처럼 생긴 것은 '브리오슈 아 테트(Brioche à tête)', 네모난 직사각형 모양은 '브리오슈 낭테르(Brioche Nanterre)', 꽈배기처럼 꼬아 놓은 건 '브리오슈 트레세(Brioche tressée)'다. 이렇게 다양한 형태의 브리오슈가 있다.

"빵이 없으면 케이크를 먹으면 되지."

마리 앙투아네트의 말로 잘못 알려진 이 문장을 모르는 사람은 없을 것이다. 그러나 원문 "Qu'ils mangent de la brioche!" 속에는 우리가 생각하는 케이크가 아닌 브리오슈가 등장한다. 옛날 프랑스에서는 브리오슈가 케이크에 비견될 만큼 아주 고급스러운 빵이었다고 한다. 오늘날보다 더 귀했던 버터가 듬뿍 들어갔기 때문이다.

식빵은 빵의 기본 재료인 밀가루, 소금, 효모, 물만으로 담백한 맛이 난다. 여기에 버터와 설탕을 더하면 부드럽고 달콤한 모닝빵 반죽이 된다. 브리오슈는 그보다 더 많은 버터와 달걀이 들어가서 반죽부터 더 촘촘하고 쫀득하다. 밀도가 높아서 굽고 난 뒤엔 훨씬 더 촉촉하고 부드러운 식감이 된다. 버터의 풍미가 진한 특징이 케이크와 닮았다고 불리는 이유다. 아직도 누군가에겐 낯설지도 모르는 이 브리오슈는 얼마 전 유명 유튜버의 소개로 그나마 우리에게 많이 알려졌다.

브리오슈와의 첫 만남은 비행하던 시절, 유럽 노선 아침 서비스에서였다. 프리미엄 클래스인 비즈니스석이나 일등석에서는 여러 종류의 빵을 따뜻하게 데워서 바구니에 예쁘게 담은 뒤, 승객들에게 직접 보여주며 권한다. 보통 아침 식사빵은 크루아상과 페이스트리 중심으로 실리는데, 유럽발 비행에선 이 브리오슈도 빠지지 않는다. 동글동글한 브리오슈가 실리기도 하고, 어떤 나라에서는 네모난 식빵 같은 브리오슈가 실리기도 한다.

누구나 우아한 크루아상이나 달콤하고 바삭한 페이스트리에 더 눈길이 가지, 브리오슈는 사실 이목을 끌진 않는다. 기본 빵보다 색깔만 살짝 더 노르스름했을 뿐 모양만 조금 다른 모닝빵이나 식빵이라고 생각했다. 하지만 평범한 빵이라고 생각하고 한입 베어 물면, 두 번 놀라게 된다. 부드럽고 촉촉한 식감에 한 번 놀라고, 입안 가득 퍼지는 풍미에 또 한 번 놀라게 된다.

나와 그런 브리오슈는 무엇이 닮은 걸까?

지극히 평범한 외모를 가진, 겉으로 보기엔 정말 특별한 것이 없던 나는 어렸을 땐 화려한 외모나 타고난 재능을 동경하기도 했다. 하지만 친근함과 평범함이 주는 장점도 있다는 걸 알게 되었다. 상대방이 먼저 다가오기에도 부담스럽지 않았고 함께 있으면 편안하다는 말을 자주 들었다. 그럼에도 부족한 점을 메우기 위해, 좀 더 나은 내가 되기 위해, 부단히 안과 밖을 가꾸었다. 이런 노력들이 나를 나답게 만들어준 것 같다. 빵을 한입 베어 물듯 나도 대화를 통해 맛을 봐야 한다. 그렇지 않으면 그 진가를 모르고 넘어가게 될 테니까.

주변 사람들은 나에 대해 '친절하고 부드러운 사람'이라고 평가하곤 한다. 다른 사람을 대할 땐 확실히 그런 것 같다. 하지만 스스로에겐 다소 엄격하고 관대하지 못하다. 완벽주의적인 면이 있어서 어떤 목표가 생기면 열정과 의지로 직진을 하지만, 그래서 스스로를 더 힘들게 만들기도 한다. 겉으로는 촉촉해 보여도 속은 단단하고 밀도 높은 브리오슈처럼.

브리오슈는 단독으로 먹어도 충분히 훌륭하지만, 다른 재료와도 잘 어울린다. 고급 샌드위치나 햄버거의 빵으로 이용되기도 하고, 프렌치토스트를 만들기도 한다. 브리오슈는 이렇게 변주될 때마다 그 품격이 더해지는 빵이다.

나도 살면서 많은 역할이 주어졌고 늘 최선을 다해왔다. 그러다 보니 환경과 상황에 어울리게 새로운 모습으로 조금씩 변화되었다. 학생과 승무원을 거쳐 지금은 아내이자 엄마로 살고 있으니 말이다. 지금도 나는 끊임없이 나를 돌아보며 다듬어 가고 있다. 때로는 폭풍 같고, 때로는 시들시들했던 방황의 시기도 있었지만, 결국 나는 나를 놓지 않았다. 차곡차곡 쌓이고 숙성된 그 시간들이 브리오슈의 깊은 풍미처럼 남은 것 같다.

지피티가 쓴 "우아하면서도 강인하고, 부드러우면서도 깊이 있는 사람"이라는 말에 처음엔 얼굴이 붉어졌다. 어쩐지 부끄러웠다. 그런데 그 말을 곰곰이 곱씹어 보니 그게 바로 내가 바라는 내 모습이었다. 깊고 풍부한 브리오슈 같은 사람이 되고 싶다는 마음이 더 진해졌다.

같은 재료로 만든 같은 빵이라 할지라도, 재료의 질에 따라 맛이 달라진다. 유기농 밀가루, 건강한 달걀, 좋은 버터… 이처럼 좋은 재료로 정성껏 만든 브리오슈는 맛이 남다르듯, 내 삶도 마찬가지일 것이다. 더 건강하고 깨끗한 재료들로 가꾸고 싶다. 좋은 책, 좋은 사람들, 좋은 경험들이 차곡차곡 쌓이면 속이 꽉 찬 사람이 될 수 있지 않을까. 묵직하면서도 부드럽고, 튀지 않지만 풍미를 따라갈 수 없는 브리오슈처럼.

여보, 나는 무슨 빵이야?

신미경(잼빵)

나는 바게트였다. 단단한 기준점을 세우고 살아가는, 갑옷을 두른 무기빵. 처음 만난 사람에게는 편견 없이 다가가지만, 곧 나와 맞지 않는 소스들과의 조합은 본능적으로 피하고 싶은 모순덩어리다. 축축 늘어지는 뭉텅거림은 싫다. 너무 달달한 가벼움도 싫다. 가능하다면 녹진한 파스타나 감미로운 감바스 같은, 담백한 조합 속에서만 살고 싶다. 어제보다 나은 나를 갈망하는 직진빵. 그 재미없을지도 모를 빵 위에, 그이가 천천히 이야기를 얹는다.

"여보, 나는 무슨 빵일까?"

"피자빵? 내가 빵에 대한 조예가 좀 부족해서…."

카톡 메시지로 이렇게 회신했던 그의 말줄임표에는 A4 한 장 분량의 이야기가 숨어 있었다.

요즘 알게 된 한 부부 유튜버는 일상 대화를 녹음해 콘텐츠로 만든다고 한다. 우리도 워낙 대화를 즐기는 부부라 언젠가 한번 해봐야지 생각하고 있었다. 보통은 내가 질문하면 남편이 조언을 건넨다. 일에 대한 팁일 때도 있고, 관계에 대한 해결책일 때도 있다. 대다수는 아이들의 반짝이는 순간을 공유하는 이야기들이지만.

그런데 이번 대화는 내 글, 그리고 '나'에 대한 이야기라 한 글자도 놓치고 싶지 않았다. 분량이 나올까 걱정도 돼서, 정말로 녹음을 했다. 잠깐 얘기한 것 같았는데 재생 시간을 보니 5분이 넘었다. 남편은 말이 항상 길다. 평소에는 단점처럼 느껴지던 그 점이, 오늘만큼은 유난히 마음에 들었다.

"내가 왜 피자빵이야? 모든 재료를 조금씩 넣어 만든 적당한 빵이라는 얘긴가?"

"그러니까 피자빵은 사실 피자의 진짜 재료가 들어간 게 아니잖아. 진짜 피자빵 재료라고 해봤자 별거 없어. 피자치즈, 그러니까 모차렐라 치즈가 들어가 있고, 토마토 페이스트가 조금 들어가 있고. 그 외에 나머지는 뭐가 들어가도 상관없는데, 사람들은 자꾸 이것저것 막 집어 넣어. 근데 뭐가 들어가든 결국 '아, 피자빵은 이런 맛이지' 하고 잘 감싸주는 맛이 있거든. 빵인지 피자인지 애매한 듯한데, 그래서 오히려 묘하게 조화로운 느낌이 약간 부인이랑 닮았어. 부인은 남들보다 이것저것 받아들이는 걸 참 잘해. 유연해. 피자빵의 치즈 같은 그런 유연함이 있어. 뭐가 들어와도 그걸 부인 식으로 잘 소화시키고, 긍정 회로 돌려서 자기에게 맞는 해석으로 바꿔내잖아. '음, 그래. 이런 건 좋은 거야' 하고 부인만의 방식으로 다시 만들어 내는 능력. 그래서 생각해봤을 때, 내 부족한 빵 지식 안에서 부인이랑 제일 닮은 빵은⋯ 피자빵이 아닐까 싶어."

"음. 수용적이다, 긍정적이고, 유연하다."

"응. 근데 이게 진짜 빵인가? 그 모호함은 있어."

"그렇지? 뭐 하나 특출나진 않지."

"아니, 근데 피자빵이 생각보다 되게, 아니, 빵을 되게 좋아하는 사람들은 피자빵을 거들떠보지 않는데(빵에 조예가 깊은 사람들은 피자빵을 좋아하지 않는데) 그냥 빵집 갔다가 '와, 맛있어 보여' 하고 빵을 고르는 사람들은 생각보다 피자빵에 손이 많이 가서."

"배고픈 사람들?"

"그렇지. 그래서 파리바게트나 그런데 가보면 피자빵 있잖아. 피자빵이 생각보다 잘 팔려. 생각보다 먼저 매진되는 빵들 중에 하나야.”

“가성비가 좋은 거겠지?”

“그럴 수도 있지. 피자 한 판을 사 먹기에는 조금 그렇고, 빵집에서 빵 먹는 기분은 내고 싶고, 피자의 기분도 내고 싶고, 그런 사람들이 살 수도 있지. 그렇다고 피자빵에 막 살라미 햄이 들어간 것도 아니고, 페페로니 같은 거 그런 거 아니고, 싼 햄, 줄줄이 비엔나 같은 거 썰어 넣고 했는데, 근데 사실 피자 같은 느낌 나고 피자 맛이 나거든.”

“음… 그렇지. 내가 뭐 막 뛰어나진 않지. 악기를 하나 제대로 하는 것도 아니고, 글을 특출나게 잘 쓰는 것도 아니고, 그렇다고 진짜 몸매가 너무 예쁜 것도 아니고. 그냥 약간….”

“근데 조합이 좋아. 그리고 맛있어. 먹어보면 분명히 빵을 그 돈 주고 먹었을 때 가장 만족감이 드는 빵 중 하나가 아닐까 싶어. ‘나는 고급 페이스트리만 먹어요’ 그런 게 아니면 먹었을 때 만족감이 좋아. 근데 사실 그렇게 조화가 잘 되는 게 쉽지 않거든.”

“그 유연함을 가졌다는 거 마음에 든다.”

“부인 유연하지.”

“다리 찢기는 안 돼.”

“아니, 그러니까 생각의 유연함.”

232

"응, 몸 말고 생각의 유연함."

"그러니까 부인은 남의 말을 들을 때 '그래, 저 사람이 무슨 말을 하나 들어보자'가 아니라 '아, 저 사람은 저런 통찰력이 있구나. 저거 괜찮은데? 멋진데?' 이렇게 받아들이잖아. 부인의 대화 인식은 기본값이 '아, 저 사람 멋있네!' 이런 쪽이야. 평범한 사람도 가끔 반짝반짝 빛나는 순간이 있거든? 그걸 부인은 기가 막히게 찾아내. 그리고 '아, 저 사람은 멋진 사람이야'라고 생각하려고 해. 그 사람의 가치를 인정해주고 싶어 하는 거지. 보통 사람들은 그렇지 않거든. 사람의 반짝이는 순간보다, 찌질한 면이나 부족한 점을 먼저 보고 '저 사람보다 내가 낫지' 이런 식으로 받아들이는데 부인은 정반대야. '내가 저 사람보다 낫지'가 아니라 '저 사람에게도 배울 게 있네. 참 멋지네. 좋은 사람들이네. 나도 저렇게 되고 싶다.' 이런 식으로 계속해서 흡수하려고 해. 그게 부인의 큰 장점이야. 가장 큰 장점인지는 모르겠지만, 어쨌든 정말 큰 장점이야. 근데 피자빵이 그래. 거기에 뭐를 넣어도—채소를 더 넣든, 옥수수를 넣든, 새우를 넣든—첨엔 '어, 이게 어울리려나?' 싶은데 마치 피자에 파인애플 얹어 놓고 '이건 하와이안 피자입니다' 하는 것처럼 대체로 피자빵은 뭐를 넣어도 막 자꾸 이상한 걸 넣어도 그냥 피자빵으로 받아들여져. '어, 그래도 피자빵이네. 먹어볼까?' 이런 느낌이 나거든. 그걸 받아들이는 유연함이 있는 거지. 그게, 부인하고 닮았어."

"좋다. 와, 너무 좋은데, 여보?"

"그래? 그러니까 지금 내가 이렇게 막 아무 말 대잔치를 하더라도 부인은 '좋다!' 이렇게 하잖아."

"푸하하, 하하하. 아니야, 남편 정말 좋아. 고마워, 내가 잘 써볼 수 있을 것 같아."

5분짜리 음성 녹음을 그대로 받아 적는 데에는 한 시간 이상이 걸렸다. 말이 빨라서 생각보다 고된 작업이었다. 뭐 하나 특출나지 않아도 나라는 사람을 세심하고 다정하게 바라봐주는 사람이 내 남편이어서 참 잘 살고 있다는 생각이 들었다. 유연하게 늘어나는 피자빵의 치즈처럼 남편이 술 먹고 늦게 들어와도 포근하게 안아줘야겠다. 따뜻하게 덮어주어야겠다.

"당신이 말하는 유연함은 내가 갈망하던 것이지, 원래 내가 가진 건 아니었어. 아마도 사려 깊은 당신 옆에서 당신의 그것을 흡수하며 배워온 것이겠지. 당신이라는 다정한 사람을 만나 딱딱한 바게트가 그래도 무난하게 사랑받는 피자빵이 되었네. 고마워. 우리 죽는 날까지 함께 어깨도 피고 마음도 피자. 서로를 위하며 오래오래 같이 피자."

이런, 식빵

황선영(책빵)

어릴 때 내가 가장 많이 먹던 빵은 '식빵'이었다. 아빠 혼자 외벌이에 세 자매를 키우신 엄마는 아마 가성비를 따져 식빵을 선택하셨을 것이다. 지금 떠올려 보면 우리가 먹던 식빵의 양은 마치 업소용처럼 커서, 일부는 냉동실에 넣어 두어야 할 정도였다.

하지만 세 자매의 식욕 앞에서 식빵 한 봉지는 오래가지 못했다. 엄마가 토스트나 샌드위치를 만들어 주고 남은 식빵을 그 자리에 앉아서 그냥 야금야금 뜯어 먹거나, 달콤한 딸기잼을 발라서 하루 만에 순삭하곤 했다. 한창 때인 세 자매에게 식빵 한 봉지란 마치 하이에나 세 마리에게 겨우 토끼 한 마리를 던져 준 거나 마찬가지였다.

엄마는 한 끼를 빵으로 대충 때우는 것을 용납하지 않으셨다. 간단히 토스트 하나를 만들더라도 계란에 온갖 야채를 다져 넣고, 마가린에 식빵을 구워 주셨다. 또 어떤 날은 감자를 쪄서 으깨 만든 샌드위치를 주시기도 했다. 그 과정이 때로는 너무 길어 배에서 꼬르륵 소리와 천둥이 요동치곤 했지만, 기다림 끝에 먹은 토스트는 반만 먹어도 입에서부터 든든해지는 맛이었다. 가끔 나는 "엄마, 오늘은 간단히 식빵만 먹을래요"라고 말씀드렸지만, 그 '간단한' 토스트도 엄마에게는 절대 간단한 요리가 아니었다. 엄마에게 식빵이란 어떤 존재였을까? 한 끼 간단히 해치우는 나와 달리, 엄마에게 '식빵'은 우리 아이들을 즐겁게 해주는 좋은 식재료였을 것이다.

초등학교 5학년 때 요리 과제 비슷한 걸로 샌드위치를 도시락으로 싸 가야 했던 날이 있었다. 지금이야 식빵, 크루아상, 치아바타에 야채와 햄 등이 들어가는 것이 정석이지만, 샌드위치를 한국식으로 재해석했던 엄마는 역시나 식빵을 마가린에 구워 주셨다. 친구들이 "이게 무슨 샌드위치냐" 하고 의문을 제기했지만 한입 먹고 나서는 조용해질 수밖에 없었다. 식빵+마가린+딸기잼의 쓰리 콤보는 그만큼 강렬했다.

누군가 나에게 "왜 식빵이 그렇게 기억이 남아?" 하고 묻는다면, 빵 중에 가장 기본이기 때문이다. 토스트 해 먹기 좋은 부드러운 우유 식빵, 구수한 냄새와 노릇노릇한 색깔로 나의 식탐을 자극했던 옥수수 식빵까지.

전국 어디를 가도 있는 모두의 빵, '식빵'은 나랑 닮은 것 같기도 하다. 초등학교부터 대학교까지의 학창 시절을 지나 취업을 했고, 몇 년이 지나 결혼을 했다. 결혼 후 아이 둘의 엄마가 되었고 지금까지 별다른 사건 없이 그냥 평범한 삶을 살고 있다. 어릴 적에는 '이런, 식빵'을 날리는 김연경 선수처럼 내 분야에서 카리스마를 뿜뿜 내뿜는 사람이 되고 싶었고, 스무 살이 넘어서는 타인에게 슈크림처럼 부드러운 사람이 되고 싶었다. 이리저리 돌아왔지만 결국 내가 지향해왔던 건 '평범함'이었다. 그 평범함을 위해 나는 노력하고 또 노력했다. 남들은 잘나거나 좋은 직업, 부와 명예를 꿈꾸지만 나는 '그냥 평범함'이 좋았다. 특출나게 하나를 잘하는 것도 어렵지만, 꾸준히 중간만 가는 것도 만만치 않게 어려운 일이다.

엄마의 나이가 된 지금, 잘하는 건 없지만 못하는 것도 없도록 노력한다. 이 나이면 뭐든 잘할 수 있을 줄 알았는데, 여전히 난 식빵 같은 평범한 존재다.

하지만 식빵은 여전히 특별하다. 빵집에 가서 식빵 하나는 꼭 쟁반 위에 올려놓게 되는 남녀노소 누구에게나 사랑받는, 그리고 요리하는 사람에 따라 무궁무진하게 변신할 수 있는 매력덩

어리다. 빵계의 쌀이라 불릴 만한 식빵처럼, 나도 그렇게 언제 어디서나 편안하고 따뜻한 사람이 되고 싶다.

고로케 하자

정상원(소원빵)

　어릴 적, 역에서 거품을 물고 그대로 기절한 적이 있다. 열 살에서 열한 살 남짓, 어리디어린 국민학생 시절이었다.

　아버지를 따라 처음으로 뷔페에 갔던 날이었다. 그 당시에는 흔한 일이 아니었다. 화려한 홀에는 각양각색의 음식이 산더미처럼 쌓여 있었고, 나는 그 풍경이 마냥 신기하고 들떠 있었다. 배는 이미 욕심껏 담아 마구 구겨 넣은 음식들로 포화 상태였지만, 마음속 욕심은 그걸로도 모자랐나 보다.

　역 앞에서 파는 달콤한 초코 과자, 빼빼로가 눈에 들어왔다. 정말 딱 한입만 맛보고 싶었다. 시선은 어느새 그 과자에 고정되어 있었고, 아버지는 그런 나를 보고 피식 웃으며 지갑을 여셨다. 그리고 바로 그 '한입'이, 내 몸을 완전히 무너뜨려 버렸다.

아버지는 혼비백산하셔서 급히 택시를 부르고 나를 드러눕히
셨다. 옅어져 가는 의식 속에서 보이는 아버지의 얼굴은 눈물범
벅이었다. 아버지가 그렇게 우는 것은 처음 보았다.

"제발 정신 좀 차려!"

입에 게거품을 물고 눈동자가 뒤집힌 채 쓰러진 나를, 아버지
는 울부짖다시피 하며 두 뺨을 연신 찰싹찰싹 때리셨다. 그 절박
한 손길과 목소리가 아직도 희미하게 남아 있다. 얼마나 놀라셨
을까.

눈을 떠보니 병원이었다. 장이 꼬였단다. 꼬인 게 풀리지 않으
면 썩을 수 있다고 했다. 상태를 좀 더 지켜보기 위해 입원을 하
고 며칠 병원에서 지내게 되었다. 꼬인 장이 풀리려면 금식을 해
야 했다. 하지만 먹는 걸 너무 좋아했던 어린 나는 하루 종일 굶
는 것이 매우 힘들었다. 밤이 되자 꼬르륵꼬르륵 배에서 소리가
진동했다. 아버지께서 슬쩍 내 눈치를 보시더니 "배고프냐" 물
어보셨다. "뭐가 먹고 싶으냐" 물으시는 말에 바로 떠오른 단어
가 있었다.

"고로케요. 아빠, 나 고로케 사줘."

아버지는 그 밤중에 말없이 병실을 나갔다가 서둘러 돌아오
셨다. 그리고 따끈한 고로케 하나를 내 손에 꼭 쥐여주셨다. 그

순간, 내 장은 한 번 더 뒤틀렸고 나는 또다시 기절해 버렸다.

그날 밤 아버지는 어머니에게 등짝을 내어주셨을지도 모른다. 철없는 이 부녀를 보며 어머니는 얼마나 원망스러웠을까. 지금 돌이켜 보면 아찔하고도 위험한 순간이었다.

바삭한 껍질 안에 부드러운 야채가 꽉 들어찬 튀긴 고로케. 한입 베어 물면 '파삭' 하고 껍질이 부서지며, 말캉한 속살에 배어든 기름과 후추 향이 동시에 퍼진다. 간간하게 볶아낸 야채가 혀끝에서 혀뿌리까지 미뢰를 두드리며 자극적인 풍미를 만들어 낸다. 한입, 또 한입 사라져 갈 때마다 아쉬워 입맛을 쩝쩝 다시며 천천히 씹어먹던 그 고로케. 어린 마음에도 '또 아프게 될지도 몰라' 어렴풋이 알면서도 자꾸 찾게 되던 빵이었다. 속에 어떤 재료가 들어 있든, 반드시 조화를 이루어 작은 하모니를 만들어 내는, 그런 고로케였다.

'나는 무슨 빵일까?'

이 물음에 선뜻 대답을 내놓지 못해 고민이 깊어지던 때, 어린 시절 나를 위험에 빠뜨렸지만 손에서 놓을 수 없었던 매력적인 맛의 빵, 고로케가 떠올랐다. 어쩌면 나와 닮았다는 생각이 스쳐 갔기 때문이다.

나는 늘 호기심이 많았다. 이것도 해보고 싶고, 저것도 해보고 싶고, 다양한 것들의 매력에 금세 빠져들곤 했다. 그러다 보니 관심사는 끝없이 늘어나는데 정작 집중력은 흐트러져, 하루를 멍하니 흘려보낸 날도 적지 않았다. 머릿속에서는 온갖 아이디어가 뒤엉켜 서로 부딪히고, 그 복잡한 덩어리들이 정리되지 못한 채 시간의 뒤편으로 던져지곤 했다. 내 안에는 '나'가 너무 많았다.

그렇지만 나는 단 하나의 주제를 가지고 다각도로 생각해 볼 수 있는 사람이고 싶었다. 모든 생각의 양면, 측면을 모조리 들여다보고 다르게 혹은 같게, 때로는 모순적인 시선조차도 품어 볼 수 있는 사람이 되고 싶었다. 내가 표현하고 싶은 것들은 너무나 다양하다. 그래서 하나의 색을 완성하겠다는 목표를 세우더라도, 내 안의 다채로운 색들을 외면하고 싶지 않다. 흰 벽에도, 스케치북에도 때로는 자신의 몸에도 물감을 칠해보는 아이처럼 모든 가능성을 두드려 보고 싶다. 장난감처럼 호기심에 툭툭 그어대던 붓질이 시간이 지나 어느 순간 작품이 되듯, 내가 쌓아가는 글들이 언젠가 나를 대표하는 하나의 장르가 되어 있기를 소망해본다.

그때 즈음이면 여러 가지 재료들이 어우러져서 하나의 맛을 내는 고로케처럼, 아플 줄 알면서도 다시 먹고 싶었던 그 고로케처럼 내 어지러운 생각들도 각양각색의 색깔을 선명하게 지니며 조화롭게 어우러져 고로케 같은 매력을 뿜어내고 있겠지.

겉모습부터 보통 빵과는 다른 고로케, 그리고 그 속은 더더욱 알 수 없어 신비스러운 매력이 있는 고로케. 먹어도 먹어도 여운이 남아 아껴 먹고 싶을 정도로 바삭하고 부드러운 따듯한 한입이 계속해서 느껴질 수 있도록 성장하고 싶다.

작지만 다채로운 모닝빵처럼

정미진(아침빵)

따사로운 햇살이 내 몸을 비춘다. 햇빛의 온기를 느끼며 나는 새로운 숨을 천천히 들이마시고 내쉰다. 나의 이 하나의 숨이 윤슬처럼 반짝인다. 아침이 주는 신비로운 느낌은 나를 계속 삶 안에 있게 한다. 그대로 잠깐 명상을 한다.

'저에게 귀한 오늘을 주셔서 감사합니다.'

'아침에 눈을 떠 사랑하는 가족을 볼 수 있어서 감사합니다.'

짧은 명상을 마치고 몸을 일으켜 주방으로 향한다. 사랑하는 가족의 아침 식사를 차리는 일은 주부로서 13년째 해오는 일이다. 아침에 일어나 밥하는 일이 무슨 대수인가 싶을지도 모르지만 내가 혼자 살았어도 그랬을까 하는 질문에는 물음표만이 그

244

답으로 남는다.

나는 모닝빵이다.

아마 고민의 시작점부터 나는 모닝빵이라고 막연하게 생각했었던 것 같다. 그 이유는 매우 단순하다. 내가 아침을 좋아하기 때문이다. 어렸을 때부터 나는 아침이 좋았다. 아침에 눈을 뜨면 싱그러운 공기가 내 몸으로 들어와 내가 다시 살아나는 느낌이 들었다. 태어난 지 얼마 되지 않은 아기들은 잠자는 걸 무서워한다는 이야기가 있다. 잠이 들면 캄캄하고 어두운 세계로 들어가 죽는 것 같은 느낌을 받는다고. 사실인지는 모르겠지만 자기 위해 눈을 감으면 암흑의 세계가 펼쳐지니 그런 느낌을 가질 만도 하다. 심연의 늪에서 돌아와 밝은 빛을 맞이하는 순간 아기들도 살았다는 안도감을 느끼는 건 아닐까.

그런 의미에서 아침은 생명이다. 오늘의 아침은 어제의 아침과 다르다. 어제의 나는 잠을 자면서 사라지고, 오늘의 나는 아침에 다시 태어난다. 그렇게 새로운 생명을 부여받는다. 어제 무슨 일이 있었든, 오늘 우리의 몸은 기꺼이 새 생명을 받아들인다 (모두가 그런 건 아니지만 대체적으로 그렇다는 이야기다). 그렇게 귀한 하루가 시작되는 아침이다.

우리 집의 아침밥은 보통 밥 아니면 빵이다. 아이들이 커 갈수록 밥보다는 빵을 더 찾기에 아침에 먹을 빵을 전날 미리 사다 놓기도 한다. 한국식 아침 밥상은 부담스러워하는 남편도 빵이라면 간단히 한 조각 먹고 출근하기에 내 마음도 편하다. 식사빵으로 대표되는 식빵과 모닝빵 중 우리 집에서 많은 지분을 차지하는 빵은 모닝빵이다. 이유는 남기지 않아서다. 아이들이 식빵의 테두리 부분은 남기기 때문에 나는 뒤처리가 깔끔한 모닝빵을 선호한다.

'나는 무슨 빵일까?'를 떠올렸을 때도 내가 아침을 좋아한다는 점과 모닝빵이 생각났다.

모닝빵은 크기가 작은 편이다. 나도 작다. 신기한 건 내가 작다는 걸 성인이 되어서야 알았다는 점이다. 나는 내가 그리 작은 편에 속하는 키를 가졌다는 걸 몰랐다. 작다는 것이 나에게는 그다지 기억할 만한 요소가 되지 못했기 때문이다.

내가 지금까지 살면서 제일 많이 들은 수식어는 단연 귀엽다는 말이다. 작다고 놀림을 받기보다는 작아서 귀엽다는 소리를 많이 들었다. 큰 키가 부럽지 않은 것은 아니었으나, 내 작은 키에 불만도 없었다. 모닝빵도 마찬가지다. 작으니까 오히려 더 자주 손이 가고 부담 없이 찾게 된다. 모닝빵이 다른 커다란 빵들을 부러워하지 않았으면 좋겠다.

유튜브를 보니 모닝빵을 활용한 다양한 레시피가 많다. 모닝빵 안에 버터를 한 조각 넣고 빵 위에 소금을 뿌린 후 구우면 소금빵으로 변신하고, 다양한 제철 속 재료를 넣으면 에그샌드위치, 감자샐러드빵, 피자빵으로도 만들어 먹을 수 있다. 다방면으로 활용되는 모닝빵처럼 나도 여기저기에서 적재적소에 활용되는 삶을 살고 있다. 딸로서, 아내로서, 엄마로서, 언니로서, 봉사자로서, 또 작가로서 말이다.

빵에다 무얼 넣어 먹는다고 해서 왜 그렇게 먹느냐고 나무라는 사람은 없다. 나도 내 인생의 주인으로서 나를 이리저리 요리해보고 싶다. 다채로운 경험을 하고, 무엇이 나에게 어울리는지 알아가보고 싶다. 그 길에 모닝빵이 따뜻하게 나의 아침을 열어주고 힘을 줄 것이라 믿는다.

에필로그

빵 덕분에 글을 썼고, 글이 모여 책이 되었습니다.

우리들의 첫 만남은 1년 전 이맘때, 익선동의 한 베이커리 카페에서 이루어졌습니다. 대구, 천안, 용인 찍고 서울까지, 사는 곳이 다 다른 우리가 모일 곳을 정하는 것은 시작부터 쉽지 않았습니다. 장소 선택을 위한 기준은 딱 두 가지. 교통이 편리할 것 그리고 맛있는 빵집이 모여 있을 것. 브런치스토리에서 글을 쓰다 만난 사이이지만 '빵을 좋아하는 빵순이'라는 공통점으로 모였기에 교통편보다는 빵집에 마음이 기운 장소 선택이었음을 고백합니다.

그런데 막상 모여 보니 빵은 핑계일 뿐, 이왕 이렇게 된 거 빵을 주제로 글을 써 보자는 이야기가 나왔습니다. 맛있는 빵을 입에 물고 신이 났다가 정신을 차려 보니 어느새 방학 숙제하는 학생의 마음으로 한 편 한 편 빵에 관한 글을 쓰고 있었습니다.

'빵으로 무슨 글을 써? 그리고 나 사실 빵 먹으며 빵 먹던 추억을 떠올리고 또 그 기억으로 글까지 쓸 만큼, 그렇게까지 빵순이는 아닐지도 몰라.'

글이 써지지 않을 때면 '내가 빵순이가 아닌 스무 가지 이유'를 머릿속에 애써 떠올려 보기도 했습니다. 빵을 먹으면서요.

그런데 글을 쓰다 보니 삶의 곳곳에 빵이 함께였더라고요. 어쩌면 빵은 우리들의 삶과 닮았는지도 모르겠습니다. 빵이라는 단어는 글 안에서 그리움, 슬픔, 행복, 즐거움이라는 이름으로 바뀌어 다시 구워졌습니다. 심지어 어떤 빵은 잊은 줄 알았던 상처와 맞닿아 있기도 했고, 아련한 쓸쓸함을 담고 있기도 했습니다. 추억 속 빵은 힘이 셌습니다.

어디 추억 속 빵뿐일까요. 매일의 바쁘고 고단한 삶 속에서도 빵은 든든한 위로가 되어 주었습니다. 갓 구워진 빵의 따뜻하고 고소한 냄새, 눈으로 먹기만 해도 사랑스러운 자태, 향긋한 커피 한 잔에 곁들이는 달콤하고 폭신한 행복. 빵을 먹으며 우리는 웃었고, 힘을 냈고, 다시 하루를 살아갈 용기를 얻었습니다. 괜찮다고, 충분히 잘하고 있다고 따스한 빵 한 조각이 등을 두드려 주었습니다.

9인의 서로 다른 작가들이 한 권의 책을 만드는 과정이 마냥 순조롭기만 한 것은 아니었습니다. 방향을 정하고, 의견을 조율하고, 생각을 맞추어 책을 만드는 일은 글과 함께 마음을 쓰는 일이기도 해서 때로는 삐걱거릴 때도 있었습니다. 하지만 그 과정마저도 성장의 시간으로 기억될 수 있었던 것은 모두 9인의 작가님들 덕분입니다. 서로를 위한 최선을 함께 찾아가는 시간이 참 많이 즐거웠고 감사했습니다.

책의 끝 페이지를 적어 내려가며 돌이켜 보니 감사한 일, 고마운 분이 참 많습니다. 우리가 살아가는 가장 큰 이유인 사랑하는 가족들. 갑자기 무슨 글을 쓴다고 노트북 앞에 코를 파묻고 고뇌하느라 식어버린 빵 조각을 밥 대신 내어준 날도 있었겠지요. 기다려주고, 응원해준 남편과 아이들에게 감사합니다. 글 쓸 시간에 안부 전화 한 통 더 드렸으면 좋았을 텐데, 딸의 책이 나온다는 소식에 누구보다 기뻐해 주신 부모님들께도 고마움을 전합니다. 조심스런 부탁에 선뜻 응하여 기꺼이 추천사를 써주신 배우 정은표, 김하얀 부부, 정지인 연출님, 이은경 작가님께 다시한번 감사드립니다. 그리고 투고의 쓴맛에 무릎 꿇고 출간 작가의 꿈을 접을 뻔했던 우리들의 글을 알아봐 주신 '눈 밝은 출판사' 시소의 정윤아 편집장님께도 감사 인사를 전합니다.

세상은 넓고 맛있는 빵은 많습니다. 이 책을 읽는 모든 분들이 그 많은 빵 중에 제일 좋아하는 빵을 고르듯 설레는 마음으로 매일을 시작하셨으면 좋겠습니다. 책 속 작은 문장 하나라도 당신의 마음속에 따끈하고 향긋한 기억으로 남는다면 더 바랄 게 없을 것 같습니다. 맛있는 빵 한입처럼.

오늘도 우리는 빵을 담고 빵을 닮습니다.
아무튼, 빵은 정신건강에 이로우니까요.

2026년 첫 달에,
빵과 커피가 놓인 아홉 개의 책상 앞
빵순이들로부터.

아무튼, 빵은
정신건강에 이롭습니다

초판 1쇄 발행 2026년 1월 20일

지은이 박수진 · 송민경 · 신미경 · 안지선 · 이지연 · 정미진 · 정상원 · 채서린 · 황선영
책임편집 정윤아
디자인 김미영, 김태욱
펴낸곳 시소(SISO)

출판등록 2015년 01월 08일 제 2015-000007호
이메일 siso@sisobooks.com
인스타그램 @sisobooks_official
카카오톡채널 출판사SISO

@박수진 · 송민경 · 신미경 · 안지선 · 이지연 · 정미진 · 정상원 · 채서린 · 황선영, 2026
정가 15,000원
ISBN 979-11-92377-39-1 (03800)